·河南省作家协会重点作品扶持项目·

寻找宗十四

青年作家文丛

王文鹏　著

河南文艺出版社

·郑州·

图书在版编目（CIP）数据

寻找宗十四/王文鹏著. —郑州:河南文艺出版社,2020.7（2022.5重印）

（青年作家文丛）

ISBN 978-7-5559-1014-5

Ⅰ.①寻…　Ⅱ.①王…　Ⅲ.①短篇小说-小说集-中国-当代　Ⅳ.①I247.7

中国版本图书馆 CIP 数据核字（2020）第 097391 号

Xunzhao Zong Shisi

寻找宗十四

出版发行	河南文艺出版社
本社地址	郑州市郑东新区祥盛街 27 号 C 座 5 楼
邮政编码	450018
承印单位	河南龙华印务有限公司
经销单位	新华书店
纸张规格	890 毫米×1240 毫米　1/32
印　　张	8.625
字　　数	163 000
版　　次	2020 年 7 月第 1 版
印　　次	2022 年 5 月第 3 次印刷
定　　价	50.00 元

编委会

目　　录

第一辑　寻找

第二辑　堵街的少年们

第三辑　柳子虔历险记

第四辑 答案在空中飘

第一辑　寻找

寻找宗十四

一

我十几岁之前的事情已经忘干净了，其实这么说也不准确，我还记得一个女人的名字，宗十四。这一切当然是有原因的，医生的说法是因为过度惊吓而导致的短暂性失忆，可是我现在已经二十四岁了，记忆里依然没有十几岁之前的事情。而关于那次惊吓到我的事情，我倒是历历在目。

按我母亲的说法，那个时候，我应该是十三岁，上初一（记忆的缺失并没有影响到我之后上初二，可能是记忆的分工不同）。一个下午放学后，我爬上了护城堤，从我们村前面的豁口爬上去的。堤上种了很多小叶白杨，金黄色的叶子大多已经落了下来，只剩下一根根直挺挺的树干杵在地上。我走在厚厚的落叶上，脚下簌簌地响，叶子厚的地方可以埋着脚脖子，脚一拔出来，鞋子上肯定有一层黑色的污泥。我往堤边上走了走，堤边上种了不少柳树，和高耸挺拔的小叶白杨比起来，柳树要矮了很多，而且因为枝杈较多的原因，看起来更像是一个放大版的鸡腿蘑菇。柳树上有一个鸟巢，主要由碎枝搭建，鸟巢直径大约三十厘米，看着不像是大型禽类的巢。我顺着柳树爬了上去。其实这个过程不算顺利，虽然柳树不算太高，我只要跳一下就可以抓住一个枝杈，可是柳树皮太过粗糙了，我也不想因为贪玩儿而弄脏衣服。我往后退了几步，跑过去，直接往上蹿，抓住枝杈，利用冲劲蹿上去，来来回回好几次才上去。不过这几下也是有收获的，我听见鸟巢里面传出的鸟叫声，是幼鸟，它们的声音很嫩，也很难听。从叫声我并不能判断它们是什么鸟，其实我不想抓幼鸟，我没有耐心把它们养大。站在树杈上，我晃了晃，确定这枝胳膊粗的树杈可以支撑住我，我先撅了一根细枝探了探，又传来几声鸟叫。我再往上爬了一点，这次可以看见鸟巢里的全景了，三只幼鸟和四个带着斑点的鸟蛋。幼鸟张着嘴吱吱叫，可是我并不是它们捕食回来的母亲，我伸手过去摸走了那四个鸟蛋。我又仔细看了看幼鸟，它们很难看，身上的灰毛很短，还盖不住暗红色的身子。我确定这种鸟我不认识。我把其他三个鸟蛋放进书包旁的小袋子里，再三确认它们不会被挤烂，剩下的一个我拿着手里，放在耳边晃了晃，没有动静。这说明几个鸟蛋还没有被孵化，也没有坏掉，我很高兴，随即把这个鸟蛋磕开，倒进了嘴里，没来得及品味就咽进了肚子里，嘴里留下一股腥味，也可以说是鲜味。

这种事情我应该是第一次干，鸟蛋确实不好吃，而且我下不去了。我把脚往下探，可是伸下去很远了依旧没有碰到树枝。我尽力保持住平衡，但是到了身体的平衡点了，脚下依旧空空的。我把脚收回来，弯腰往下看了看，这时脚下的枝杈已经在摇晃了。我很害怕，我鼓起勇气，把脚往下伸，伸了一只腿的距离才算是触到一个树杈，它很牢固。我抓住一根粗壮的树枝，把另一只脚也放下去。书包被卡住了。我想把书包直接扔下去，又想到还有三个鸟蛋。我想把它放回去，可是远离那枝树杈，伸手已经够不到鸟巢了。我把书包摘下来，把鸟蛋取出来，把书包扔了下去。我拿着一个鸟蛋，对准鸟巢扔了过去，进了。再来第二个，偏了，掉了下去，掉在了落叶堆里，竟然没烂。我把剩下的一颗拿在手里，仔细看了看，像鹌鹑蛋，但又比鹌鹑蛋好看一点。不过，依旧丑。我把它扔回鸟巢，这一次，又进了。

我顺着枝杈下去，站稳，选了一块松软的地方跳了下去。跑到落叶堆里去找那一颗鸟蛋，捡起来放进书包旁的小袋子里。这时，太阳已经下去了很多。只在地面上露出一个头，最多还有十五分钟，天就会黑下来。我来到大堤上并不是为了玩，我记得我是要找宗十四的，我应该是和她约好了在大堤上见面。

　　我又往里走了走，里面的树密了很多，树的种类也多了起来，我竟在其中看见了一棵枣树。这令我又悔又恼，我为什么在柳树上耽误那么长时间？大堤上的树平常并没有人管理，所以也不用担心枣树被人打了农药。借着依稀的天光，我看见了很多半青半红的长枣。我的兴奋少了一分，长枣不红透嚼起来实在不怎么美味，为什么不是圆枣呢？我还是照着树干踹了两脚，枣子像下雨一样落下来，有的打在我的脑袋上，有些疼。我挑了一颗红色多一点的尝了尝，还可以，甜味虽然不足，好歹有点儿。我打开书包，挑着装了一点进去。我还得往里走，我记不清我与宗十四约定的地点了，但是应该在里面。

　　天完全黑了下来，天上挂着一瓣月亮，满天的星星像是夏天入夜之前成群结队的蚊子。那到底有多少？数不清。我尽量走在有亮光的地方，也为了不让自己走进旁边不远的河里。我应该是走了很远了，因为河到了这里竟然转了个弯，把大堤拦腰截断了。河水穿过大堤，流向堤南岸的田地。这条河是人工灌溉河，但是只有进了村子的部分才被打上了水泥，这里的这一段依旧是泥泞的。不知是谁放倒了一棵杨树，架在河面上，成了独木桥（往南绕一绕，有桥）。我骑在上面，慢慢地向对面滑，杨树表面还算光滑，我的裤子并没有受到伤害。我得注意着树干的情况，我害怕它会掉下去，那样我会掉进水里，虽然水不深，可是依旧会浑身湿透的，会感冒的。

　　我听到了一些动静，不是对面，是脚下。我已经快到对岸了，脚下的水里传出翻腾的声响并不大，借着月色星光，我看清了下面的情况，那是一洼小鱼，鱼只有十来厘米长，它们在一个小坑里翻腾。我确信，这时只需一个盆子，伸手舀，一定会舀一满盆的。可是我只能心里痒痒，因为我没有盆子，也没有任何可以沾水的容器。我抬头看了看，马上就要过去了，我看见了一个人影，我大喊了一声：

　　"喂，你是宗十四吗？"

　　她没动，只是站在那里。我加快动作，从树干上慢慢站起来，跑完了剩下的一段。我再度爬上大堤，这时我看见了一个女人。她的双眼闭着，一根绳子从她的脖子下穿过，另一头吊在树上。她有多大？我在想，顶多二十岁。我上前碰一碰她，她没有反应。我爬上树，把绳子解开了。这个过程绝对比爬上树掏鸟蛋难太多，因为她比我想象中重了很多。她是掉下去的，我赶紧从树上跳下来，我看了看她，凑近了看。她生得很好看，只是现在脸上没有血色。我拍了拍她，她依旧没有动静。我决定带她出去。可是，我想到了宗十四，她还没有到，我又想了一下，她会原谅我的，救人要紧。

　　我不能拖着她过河，只能绕道了，绕到旁边那座桥，但是大概得绕四五十米。我试着把她背起来，可是她比我还要高，我只能抓住她的双手，半拖着她走。她很重，而且变得越来越重，我累得满头大汗，她却一直不醒。我试着用水浇在她脸上，她也没有反应。我不知道拖着她走了有多远，我感觉到了冷，她好像也越来越冷，因为她凉了。

我终于知道了，她死了。于是我开始害怕，倒不是害怕她，是害怕黑夜。我大喊着宗十四的名字，可是依旧没有人答应。难道是宗十四骗了我吗？

等到我的母亲发现我时，天已经亮了。那具女尸也不见了，只有几个等待我的警察。他们问了我很多问题，我却觉得我的脑子出现了问题，昨天之前的所有事情，我竟然忘得一干二净。这就像有个人偷走了我的整个童年。我记得那个死去女人的样子，她的眉眼生得很好。如果她可以睁开她的双眼，我发誓我一定一辈子都忘不掉。

之后，求医问药花费了我很长的时间，只是记忆终究没能回来。医生们都说是惊吓，其实，我知道，那个女人并没有给我太多的惊吓，因为我记住了她紧闭的双眼，我期待看见那双眼睛睁开。

现在，还有一个问题没有解决，就是宗十四。我的母亲说，她并不知道我有一个同学或是朋友叫宗十四，甚至连一个姓宗的都没有。为了解决这个问题，我又踏上了另一个旅程。我成了一名作家。寻找宗十四成了我最大的课题。接连写了好几年，我也没有找到她，最后，反而在梦里发现了她的踪迹。

二

那应该是夏天，因为我看见她穿着 T 恤衫，她说她要带我去那条灌溉小河。我们没有走大堤，走的是河岸。河岸不是很宽，两个人并排走刚刚好，但若是不看好路，也会一脚踩空滑下去。河岸是由黄色的沙土堆积而成的，这种沙是河沙，特别细，细到看不清它具体的大小。因为特别干，踩得又特别实，所以走在上面很舒服。这里的舒服是因为光脚，是她让我这么干的，她说把鞋子脱了，拎在手里，光着脚感受河沙的细腻。她爱开玩笑，正走着，她朝着我走的那边使劲踩了一脚，我又挨着边儿，差点掉进河里。她哈哈大笑起来，还不忘拉着我。她的另一只手里拿着她的鞋，她笑起来就会把鞋子扔到前面，她说这样可以专心地笑。走过常有人走的部分，她就让我穿上鞋，她说前面有杂草，要是遇见刺尖草，可是要扎破脚的。我问她什么是刺尖草，她加快脚步，走到了我的前面。我看见她的长发披散在背后，她弯下了腰，蹲在地上。我走上前，她正从草窠里拣出一个带着刺的草籽。它大概有一粒米那么大。她把它放在我手上，让我仔细看。它竟然是一个三棱锥，从哪一面看都有一个尖锐的尖儿。她说，走过这一段路，再看看你脚底下，一定扎了好几个这样的刺。

她说我们要去的地方在河对岸，说着，她指向了大堤的豁口。那条穿过大堤的灌溉河只是这条河的一个旁支，主干还是向西流去。从河北岸过到南岸只有一条由三四十厘米的石板架起的简易桥。石板离水面很近，水多时，水会没过石板。而现在，正是这条河的丰水期。石板在昏黄的水下面。她走在我前面，示意我小心，她说，因为长时间泡在水里，石板上沉淀了一部分河沙，所以会有些滑。我感受到了，那种凉凉的湿滑。然后我掉进了水里。

我感觉我不是在做梦，因为这种溺水感实在过于真实。水混着泥沙进入我的口鼻，虽然这个过程很短暂，可是因为口鼻进入异物而导致的不适感却很难摆脱。我不断地咳嗽，又不断进水。她拉住我，把我拉了上来，她的衣服湿了。她看着我笑了很长时间，到了河对岸她还在笑。她指着旁边的小树说，你去把衣服脱了晾在上面。我照做了，把背心脱了下来（衣服竟然很小，上面还印着机器猫），挂在树枝上。她让我把裤子也脱了，我怎么也不脱，她只好作罢。她带着我绕过前面的小桥，来到对岸，在灌溉河旁边挖了一个小坑，挖了一条小沟把水引进来。她指着一棵已经歪倒的杨树，问我敢不敢把它拉倒，正好做一个临时通道。为了展现我的男子气概，我二话没说上去就要拉。说来也奇怪，树上竟然拴着绳子，正好是两条。我和她各拉着一条绳子，没有费什么劲，树就倒了下来，并没有溅起太多水花，可能它本来就要倒了，我们只是顺势而为。

她做事很仔细，她把树干上的小枝都撅了（而且异常平整），扔在一旁，然后催我过去把衣服穿上。我跑过去，差点儿滑进河里。不过我现在一点儿也不担心，因为我已经掉进去过一次了。摘下衣服，我看见她跑进了对面的树林里，她把衣服脱了，抖了抖又穿了回去。

小沟里已经灌满了水。她说我们可以到水草边去摸些螺蛳，等着这边的鱼。她不知从哪里拿出了一个袋子，是那种装化肥的蛇皮袋。她向我招手，我走过去，跟着她，双手伸进泥土里摸，阵阵凉意传来。太阳已经升到了正头顶，两边的树已经不能遮蔽它了，待在水里，暑意倒是全消了。她比较有经验，摸出了很多，我很久才能摸到一个。大概在水里待了半个小时，她叫我洗干净从水里出来。我的手脚都已经泡皱了，白得吓人，她却不明显，可能因为她本来皮肤就白。她带着我上了大堤，坐在树荫下，她找了片青草很多的地方躺了下去，并吓唬我，草里有蛇。这是我的软肋，我只好坐在那里，不时观察。她笑了很久，笑声一直在树林里回荡。

她睡着了，我在一旁帮她赶着蚊蝇，她睡前吩咐我看着小坑，里面进鱼了就叫醒她。我仔细看了她的眉眼，直到我睡醒了，我也没有看清，也可能看清了，醒来就忘了。

三

她还是只给我一个背影，不过这次她带了家伙。她问我上次捕的鱼吃了多久，我稀里糊涂地说了一堆，大概是没吃多久，都是些小鱼，一炸一烩就没多少东西了。她背着一杆双管猎枪，还让我拖着一张网。我跟她说，持枪打猎是犯法的，而且这种猎枪十几年前公安局就派人来收了。她说没关系，这种枪不装子弹，装泥土块儿，她还向我展示了她制作的"子弹"。那是一个个晒干的煤土球。煤土是我们这儿的方言说法，就是黄黄黏土，打煤球时会加入一些以增加黏度。她拿出的煤土球个头儿不大，直径大概七到八毫米。她拍了拍身旁挂的袋子，里面鼓鼓囊囊的，大概得有几百颗，她倒不嫌重。

我注意了一下周边的环境，现在应该是深秋了，草木已经枯黄，而且她还穿着羽绒夹克，加上背着猎枪，倒是有点儿英姿飒爽的感觉。我们一直往东走，看样子是要往林场的方向去，那是一片广阔密林。据说很久之前是村子里批给下乡知青的地，一下子批出去了几百亩，知青走之后，就成了无主之地。后来被人承包种了树苗。再后来那人经济不支，这块地就荒了下来。树苗疯长，几十个春秋，树苗成林，杂草丛生，倒是成了一片无人问津的生态乐园。她在前面走着，还哼着歌，我循着调子跟唱，等到歌快唱完了才想起来那首歌是《打靶归来》。她问我，有没有吃过野兔肉？我说野兔长什么样我都快忘了。她说，灰灰的，两只耳朵特别机灵，跟天线似的。我问她为什么还让我拖着一张网，她说这是秘密武器，会有意外收获的。

去往林场的路是条两米宽的田间小路，这条路周围都是自留地，是苗地，也就是专门用来培育水稻苗的田地，育苗两个月，荒十个月，以保持土壤肥沃。有些人也会在闲季种上麦子。半人高的杂草在风里摇曳，不远处有块田里种了芦苇，风一过，沙沙沙的声音传来，十分美好。过了灌溉河，再往东走一里就是林场了。它很醒目，因为东边除了那片林子，再也没有其他东西。

还未进去，就听见里面传来野鸡的叫声，然后看见几只野鸡在杂草丛中窜着。武侠小说里有种轻功叫草上飞，灵感大概就来自这些野禽吧？她很兴奋，拿出两根宽布条，让我学着她的样子绑住裤脚。她绑得很仔细，我完全跟不上她的节奏。她看不下去了，蹲下来给我绑好，还问我紧吗，我说挺紧的，有点疼。她说这样就对了，紧了过会儿才不会让草籽进入裤腿。她给自己绑上，就叫我跟她一起进去。

在杂草中行走的难度远远高于我的想象，特别是我还拖着一张网。我开始抱怨，这张网太耽误事儿了。她说，不着急，再走几步再说。又走了大概一分钟，她说，来咱们把网撒开。我们各自拽着一头，往相反方向走，这时我才发现，这张网竟有八九米长，两米多宽。她从兜里拿出一把折叠工具刀，上面有一把锯，她锯了两根两米多长的树枝，穿在网上，让我学着她的样子把网扎在土里，晃两下，晃得厉害，就再扎深一点。扎好了，她冷不丁问我一句，你以前扎过网吗？我说，我十几岁之前的事情都忘光了，之后这些事情肯定是没有经历过的。她笑了笑，然后告诉我，找个地方蹲着，不要说话。我问，你去干吗？她晃了晃手里的猎枪，打兔子去。我不甘示弱，不行，我也得去，我可不想在这儿待着。她笑了一声，你会用猎枪吗？我不屑地说，这有什么难的！她把猎枪给我，打开弹仓让我装弹，我看着拦腰折断的猎枪，脑子里嗡嗡响。我问她，没有火药怎么发射？她笑着说，可以啊。说着她朝着枪管里放了两个灰色小球。

突然，草窠里传来动静，她让我蹲下。她装了弹，蹲下来端着枪，顺着枪管的方向，我看见了一只兔子。它体态臃肿，但跑起来一点不含糊，速度很快。接着，一声巨响。我没有想到这条土猎枪能搞出这么大的动静。整片林场都欢腾起来，到处是受惊的野鸡，它们飞速乱窜着，扯着嗓子叫着。寂静的林场活了起来。她这时飞速装弹，朝着野鸡乱射。放了十几枪，她才让我去东边寻兔子。

那只兔子被打中了后腿（她竟然可以打中！），一瘸一拐地往前挪着。我上去抓住了它的耳朵，很明显，它吓坏了。我拎着兔子向她晃了晃，她大喊让我赶紧回去。我跑回去，她说，咱们得收网了。再次看到网时，我惊呆了，上面挂着七八只野鸡。公野鸡和母野鸡一眼就可以分辨出来，因为公野鸡实在太好看了。它们叫得很大声。我上去取的时候，它们挣扎得厉害，我的手还被划了一下。她拿出绳子，绑住它们的翅膀，穿成一串，动作十分娴熟。

回来的路上，我拎着五只野鸡和一只兔子，很重，我不时就要歇一会儿。我又是只能看见她的背影。我突然特别想看她的脸，可是她越走越快，越走越快，一会儿便消失了，在这片天地里，仿佛从来没有这个人。

四

这次是冬天，外边还飘着雪花，她说她有条围巾要给我，是条大红色的，在雪地里显得特别鲜艳。（奇怪的是，我真的有条大红色的围巾。）她用围巾牵着我往前走，一脚一脚往前走。雪进了鞋子里，瞬间化成水，冷得难受。可是她似乎就愿意在雪里走，哪里雪深走哪里。天地间白茫茫一片，只有用一条红围巾连在一起的两个人。

她带我走到一株大柳树旁，这个地方我熟悉，因为这是我家祖坟。我看着这株柳树，它比我之前见过的所有柳树都要大得多，它一直到了六七米处才开始分杈，粗壮的树干，我和她加上一条围巾才环抱起来。这幅画面同样很有意思，我们一只手握着彼此的手，另一只手抓着围巾，环抱着大柳树。她第一次叫出我的名字，枚河，你说，这个世界有神吗？我不知道为什么她会问我这么形而上的问题。我说我不信。她说，那边还有一棵大柳树，咱们去那边吧。我愣了一下，哪里还有大柳树？你说后地？那棵柳树早就遭雷劈了。她放开我的手，用围巾牵着我往前走。她没有顺着之前的脚印走，而是又踩出一行。深深浅浅的脚印一直往北延伸，她说那棵大柳树在后地。

这棵柳树是谁种下的，早就没人知道了。我爸曾经告诉我，在他小时候，这棵树已经是现在这么大了。它不高，却枝繁叶茂，主干比祖坟那棵要粗上好几圈。要走到大柳树旁，必须穿过一片水塘，水塘里种了莲菜。下了雪，天也冷。她无所畏惧，带着我往前走。我问她，要是掉进水里咱俩就完了，这荒郊野地里可没人救咱们。她朝我吐了吐舌头说，咱们没有那么倒霉。她牵着我，她每一步走得都很小心，最后真的走到了柳树旁。她问我，这棵柳树你记得吗？我说，我还真没有见过它现在这个样子。我记忆里，它是一株焦黑的矮桩子。它被雷劈那一年，我上初二。大火着了很久，很多人都看见了，却不敢上来救火。她在雪堆里找着什么东西，扒拉了一会儿，她示意我过去看。是一堆香灰，香灰下面还是香灰，香灰竟有一尺多厚。她说，万物有灵，树通灵了就有人拜。我说，我说了我不信这些。她抓了把雪丢在我脸上，然后躲在柳树后面大笑，笑声震得柳树上的雪簌簌地往下落，飘在她的长发上。我抓起雪反击，这次我看见了她的眼睛，那是一双明亮的大眼睛，似乎它有融化冰雪的魔力。我追着她在雪地里打闹，她笑着说，她很喜欢雪，再冷也不怕。

她在树下捡了一些碎枝，带到离柳树不远的鳝鱼场。

这是一个废弃的鳝鱼场，其实就是一排排的水泥池子。她带我爬进最大的那个池子，里面的雪有半人深。她说，咱们清出一片地方烤火。我看着周围的雪，觉得她在开玩笑。现在动一下都成问题。她却真的开始清雪了，用脚踩，还拉着我一起踩。她说，你把我抱起来，让我踩。我犹豫了一下，她催促我，赶紧的。我抱起她，她轻得像一片雪，她开始在雪上起舞。我不停追着她转，后来真的给她清出一块儿地方。她掏出打火机和一团卫生纸，把干碎枝放在上面，火很快燃了起来。她的手冻得通红，她说，握着我的手，帮我暖暖。我说，不行，你的手太凉了，烤烤火。她走近我，把手插到我脖子后面。那种凉意让我无法忍受，挣扎着离开，我报复性的把手放在她胸前。我忘了，她是一个女人。她愣住了，我赶紧把手拿出去，她闭上了眼。这次我看得很清楚，我永远忘不了那双紧闭的眼睛。

…………

一个女记者约了我做采访。她就坐在我对面，她身旁是三台摄影机，从三个角度拍摄。我看了看周围，三百六十度全景窗户，而脚下也是玻璃。我其实是有点怕的，但还是忍住了。她穿着粉色的职业装，她正在和身后的工作人员协商。随着她口中的倒数，采访正式开始。她问我的第一个问题就显示出她专门调查过我，这是职业精神的表现。她问，您是不是在少年时期经历过变故，以至于导致您丧失了一部分记忆？我点了点头，我在十二三岁时，为了赴某人的约，遇见了一个年轻的自杀者，当然，自杀这个性质是后来警察定性的。事实上，我看到她时，她可能还没有死，或者刚刚死去。她没有发出痛苦的呻吟，也没有制造任何声响，甚至她死后的样子也十分安详，正是因为如此，我背着她走了很远，直到她整个身子都凉了，变得冰冷，僵硬。我累得睡过去了，她就压在我身上，直到我的母亲找到我，并报了警。她问我，警察没有责怪您破坏现场吗？我笑了一下，您的职业素养真的有点咄咄逼人。警察并没有责怪我，反而表扬了我，因为我首先想到的是救人。而且，我为此付出了代价，整个童年的代价。

她听得很认真，旁边还有一个人负责记要点。她们之间不时有交流。她问我，后来我的小说中出现的女人是谁，宗十四吗？我说，应该是的。我说过，当初我是为了去赴约，是宗十四约了我。我现在只记得她是一个二十岁出头的女人，到了现在应该已经三十多岁了。我其实不明白我为什么会在十几岁，去赴一个二十岁女人的约。那件事情之后，我忘记了之前的事情，可是并不代表我甘愿忘掉那段时光，我要找出真相。她又问，宗十四长什么样，是个怎样的女人？我苦笑道，我若是知道她的样子，也不用苦恼这么久了。我为什么会爬上大堤，为什么会遇见那个自杀的女人，那个女人为什么要自杀？这些统统是宗十四给我留下的问题，我只是想找到答案。

那您找到了吗？她问。

应该还没有，我做了很多关于宗十四的梦。但是，按照弗洛伊德的学说，我只是在潜意识里放不下这样一个人而已，又或者，十几岁时，我出现了性冲动也说不定。我说。她看着我说，您梦里的宗十四是什么样的？我说，在小说里我都已经描写了，事实上，我根本看不清她的样子，或者看清了，我却没有记住。我只是笃定她就是宗十四。

您这样笃定的根源在哪里？记者问。

执念，是执念。有一个声音一直在我脑子里回响，她说她叫宗十四。我说。

下一个问题，您在一篇小说的结尾谈到了那双熟悉的眼睛。是否可以理解为，这个世界上或许根本不存在宗十四，这一切不过是您的幻想？因为您受到了那个自杀的年轻女人的刺激。女记者露出了微笑，我从那个微笑里读出了拆穿的快感。

我曾经也这么想过，可是，记忆是无情的，它推翻了这个想法，因为我对这个叫宗十四的女人的印象太深了，深到她已经形成了一个咒印，我一日不找到她，我的痛苦就会加深一日。或许宗十四没有那样双眼，但是她一定存在。也可能是我对那双眼睛的印象太过深刻。其实，现在我已经记不清那个女人的样子了。后来，我去派出所问过那个女人的名字，他们起初并不愿意告诉我，可是我说我因此丢失了整个童年，他们才同意。那个女人叫祁芳华，是隔壁村的人。致使她自杀的不过是一桩不称心的婚姻。

我说。

您会一直把宗十四系列的小说写下去吗？另外，小说里的乡村生活都是您的亲身经历吗？她问。我从她的面部表情中看出，她对这个问题并不抱任何期待。我却被这个问题问住了。那些零碎的乡村生活，不是我的亲身经历，可是我确实又从未听他人说过。

女记者见我愣住了，露出了如刚才一样的微笑。她说，据我所知，很多细节其实都不是简单的想象可以做到的，除非是亲身经历。难道您记起了您的童年时光？

我说，没有，那段记忆到现在还是一片空白，可是您刚刚的问题，确实问住了我，我曾经也想过，那或许就是我的童年记忆。

那宗十四呢？她真的出现在您的记忆中吗？她在乘胜追击。

我的头开始出现剧烈的疼痛，这种疼痛让我无法端坐在舒服的沙发里。我倾斜然后倒地，我身下是一片楼群和来来往往的人，我感觉自己在天空中飞了起来。我似乎再度进入了梦境，而宗十四似乎与我只有一条河的距离，她就站在河对岸，我甚至看清了她的容貌，可是刚刚准备记下，她就又消失了。因为我听见有人在围着我叫喊，我感觉有人在掐我的人中。这个人是一个摄像师。

我被送入了医院，我看着墙上的电视机，它黑色的屏幕如同镜子，我的身形显示出我是一个男性无疑。我又想起了那个梦，为什么宗十四会在我触摸到她的胸部时闭上了眼睛，这难道真的只是我的梦吗？只是我少年时期的性冲动？

我出院时，遇见了一个熟人，他是神经科的大夫。他问我恢复记忆了吗，我说没有。他说他读了我的小说，觉得那个叫宗十四的女人的形象很像一个人。我问，是谁？他说这样带有启蒙性的女性角色，只有一个，那就是你的母亲。

我的脑子里嗡嗡响了一阵儿。

我恢复平静，可是为什么我的母亲要让我去大堤上呢？而且宗十四这个名字从哪里来的呢？

医生也回答不出来，他走进了大楼。我的母亲正在台阶下等我，她说想去给那个叫祁芳华的女人烧点纸钱。我点了点头。在去的路上，母亲告诉我，她最近看见了宗十四的名字。我问在哪里？她停顿了一下。

在你的小说里，你所有的文章里。

X/Z

题目大概为现在、写作、寻找、选择、象征、行走、现状、先知等多种解释。

——作者注

我的脑子出了问题，老是什么都写不出来，这让我开始没日没夜地急躁。我总是可以一下揪掉一大把头发，到睡觉之前，头发就差不多拔光了。睡了一觉起来，又是满头青丝。如此循环，不知到底来了多少次。一日上午，我又照镜子，头发乱蓬蓬的，我拿起梳子随便划拉两下。阳光顺着窗子一直来到我的脚下，脚背因为阳光的照耀瞬间温暖了起来。我顺着光束看过去，刺眼的阳光里，坐着一个黑影，那是一个人。

我走到她背后时，她仍在认真地画着画。那块画板上铺着一张稍稍泛黄的纸，看起来很薄很薄。她正娴熟地在纸上作画。她正对着我的窗子，虽然中间隔了一片荒地，可是窗子还是很显眼，特别是挨着窗子的大柳树。她不停地用手中的笔量着对面的景物，可是她的画板上画的却是一片浅红色的海。这片海被一分为二，在画板一角一个非常不显眼的地方画着一枝柳枝，上面只有三五片叶子，却青翠欲滴。我的眼睛还是不能离开那片红色的海，以及天空上泛着黄色的云和云背后隐隐约约的太阳。她的笔在纸上不断翻飞，下笔时疾如风。她还是停了一会儿，又朝着我的窗子比了比，她到底在量些什么？

当她把笔放下，正准备收东西时，我拍了拍她的肩膀。她吓了一跳，这也让我吓了一跳，我以为她知道我在这里。

"你是在写生吗？"

她点了点头。

"那为什么画上的景色和这里完全不一样？"

这时她拿出了眼镜戴上，然后仔细看了看我。

"我看不清，这片地区视野开阔，可以让我有灵感。"

"那你画的是什么，摩西出走埃及吗？"

她点了点头，又摇了摇头，弄得我稀里糊涂的。

"我有点儿渴，你可以给我一杯水吗？"

我带着她走回我的小楼。阳光已经顺着柳树开始悄悄西下，橘红色的阳光沿着窗子爬到我的镜子中。我看见她在镜子里，坐在一张桌子的旁边，环顾着我的房子。我给她倒了一杯温水，上面放了一片新鲜的柠檬。

她接过水，一口喝光，我询问她是否还需要，她点了点头。我走进厨房，夹出那片柠檬，换了一片新的。

　　"你画上的那个柳枝是什么意思，有什么特别的寓意吗？"

　　她喝着水摇摇头。

　　"你的水，真的好喝。"

　　她放下杯子，把画板上的画取下来，她指着我镜子旁边的空墙说，那里还缺一幅画。她把画放在桌子上，说了声，不早了，就准备离开。我把她送到公路上，她骑着一辆自行车驶向了远方。我习惯性地摸了摸自己的头发，全都还在。天黑了，我从楼上某个角落里找到了一个画框，小心翼翼地把画装起来，挂在镜子旁的空墙上。我端详着这幅画：

　　一片微微泛红的大海上波涛汹涌，水面一分为二，露出海底褐色的沙子。沙子还是湿的，上面有密密麻麻的脚印，那脚印很浅，像是走过的都是小孩儿。近岸的沙子上插着奇怪的柳枝。顺着柳枝望天空，上面一片祥和。微微泛着黄色光辉的云，云中有肆意飞翔的鸟，再仔细看一下，云后还躲着一个太阳。整幅画上没有一个人。

　　直到这时，我突然发现，这幅画上没有署名，我也忘了问她叫什么。我怀着对这一切的疑问，睡了。

　　这是我第一次失眠。我在床上翻来覆去，脑子里都是白天那个女人，可是更加奇怪了，我记不起她的样子了。只记得她穿着一件淡蓝色的长裙，我努力让自己记起她的样子，可是我越是努力就越记不起，最终，我忘记了她穿的到底是淡黄色长裙还是淡蓝色长裙。我从床上爬起来，到楼上找到我多年未骑的自行车，简单除了除锈，给链条上了点儿油。我顺着女人离开的方向追了过去。

　　月光很亮，可以照到很远很远的地方，这条笔直的公路一直延伸到月光照不到的黑夜。沿途一个人也没有，我蹬得满头大汗。链条掉了，我停下车，在月光下装着链条。月亮突然躲在了一片云的背后，四处一片黑暗。我抬头看了看云，好像那幅画啊！

　　云很快就飘走了，月亮重新回到视野里。我装好了链条，看了看四周的环境。路两旁是两片树林，树上的叶子已经泛红，我突然觉得自己获得了上帝视角，我站在天空里看着这样的场景：无边无际的红色树海被一条笔直的公路劈开，路的尽头，正是我种着柳树的小楼。刹那间，我觉得文思泉涌。我回到小楼，没日没夜地写了很久，终于在一日的清晨停笔，倒在床上睡了过去。

　　《红海》将要出版的时候，责编秋邀请我去她那里住几天，正好和我聊聊稿子，以便最终定稿出版。我骑着自行车走在公路上，公路两旁的树已经被伐干净了。只剩下被刨出晾晒的树根。走了没多久，我看见公路边放着一辆自行车，我四处寻找，在一块儿巨大的树根边缘，看见了淡蓝色的裙摆。我停好车，把车后座的行李取下放在地上。我背着书包走了过去，我看见了她，她正在刻着什么。她看到我后，停下了手中的工作。我取出书包里的保温杯给她递过去。

她大口大口喝着水，最后把空了的杯子还给我。里面只剩一片柠檬，我把柠檬倒出来，扔在一旁。她在一个巨大的树桩上继续刻着画。

"你叫什么?"我问。

"红，红海的红，你呢?"

"枚河，木字旁加一个反文，河就是河水的河。"

她领着我坐在一个树桩背后，阳光正好被它挡着。我取出相机，问她，可以给你拍一张吗?

她站了起来，走到她的作品前。我示意她往旁边站站，就站在画的旁边。阳光正好照在她的脸上。我赶紧按下快门。我找到刚刚的照片，她在最后一刻用手遮住的阳光，顺带着遮住了脸。我正准备再拍一张时，她已经朝着我走了过来。她身穿一件淡蓝色的长裙，裙摆快要拖地了。她走了过来，示意我坐在阴凉处。

我们坐的地方，正好可以看见她的作品。那是一个巨大的漩涡，是顺着年轮刻的，漩涡的正上方悬着一根枯木杖，仔细看看，会发现那是树桩上的虫蛀后留下的痂。

"你是艺术家吗?"

她摇摇头。

"爱好而已。"

"你很有艺术天分，你可以试试办个展览。"

她直直地看着我，我记得她近视，她此时没有戴眼镜。她的眼睛瞪得很大，直直地看着我，不知多久之后，她眼酸了，才移开。我们究竟对视了多久？

她又回到阳光里作画，刻刀在她手里翻飞，仿佛所有的细节都已经在她眼前，她只是照着画一样。可是我也看到了她手上的密密麻麻的汗珠和暴出的青筋，长时间的雕刻，手一定很累了。她一直没有停歇，像是漫长的生命已经快要到了尽头。

那幅画已经成形了，她站在画前，看着它。这绝对是件独一无二的作品，任何人不能复制，哪怕是她自己。因为这世上没有完全相同的树桩，就像这个世界没有两个相同的人、同一个人没有相同的状态一样。

我看到了无边无际的海，一个巨大的漩涡出现在海里，它要吞掉世界。一支救世的神杖出现，像是要堵住这个漩涡，又像是要劈开整片海。这还像摩西出走埃及的神话。

她走回来，坐下。我开始跟她聊天。

"你干什么工作？"

"街头卖画的。你呢？"

"咱们差不多，卖字的。"

我突然想到，秋告诉我，我的书还少个封面。我想起了墙上那幅画。

"我想用你的画做我的新书封面，就是那幅分开的红海。"

"它的名字叫《现代公路的雏形》。你要是喜欢，就拿去用吧。"

"我会付给你版权费。"

"不用，你已经付给我三杯水了。而且你的水很好喝。"

她拍拍尘土，就要走。

"红，你的作品不带走吗?"

"不用了，就送你吧。"

我跟着她走到路边，我把行李放在车后座。

"你是要去城里吗?"我问。

"是的，你也是?"

"我要去责编那里住几天，改改稿子。"

"那一起走吧。"

太阳不知什么时候开始慢慢落下，天空变成了橘红色。这条笔直的公路终于也到了头儿，她拐弯去了西边，迎着夕阳走了。我站在原地愣了一下，拿出相机记录了这一刻，可是她已经从地平线上消失了。我骑着车，快速赶了过去。我越蹬越快，感觉自己飞了起来，原来我身处的公路，也是一个巨大的漩涡。只是劈开这一切的权杖不知所终。

天黑了，我到了秋的家里。秋很惊讶我为什么早晨出发现在才到。我把经过告诉了她，她说她有兴趣看看红的画。

第三天，我与秋已经确定，书稿已经修改完毕。我告诉她封面我已经选好了，就用红的《现代公路的雏形》。天已经不早了，秋留我再住一晚，我拒绝了，我想回到我的小楼。她提出开车送我回去。我想到红送我的画还在荒地里，我请求秋开了一辆皮卡。

秋看到这幅画时，眼睛都直了。一路上，她一直求我把画送给她。我还是拒绝了，这是别人送我的，不好再转送。她又反过来向我问红的联系方式。我想了想，我压根就没有。我拿出那张照片给她看，阳光里，红遮着脸，站在她的作品旁边，一副大师的气质。淡蓝色的裙子在风中微摆。那种迷人的感觉不能用语言描述。我和秋把画放在了我的院子里，我拿了一张塑料布把它盖了起来。天已经黑透了，我对秋说，今晚就在这儿住一晚，明早再回去。

秋看见了那张《现代公路的雏形》，她问我：

"这不就是你书里描绘的场面吗？"

我点了点头，告诉她这幅画的故事。然后不知怎的，秋问起了我的妻子。我想了想，对她说下次再说。

我在小楼住了多久，我自己都忘了。这附近荒无人烟，小楼附近都是荒草。窗户旁边的柳树是我爷爷辈的人种在这里的，不知不觉已经长成如今这副模样。我每天都会站在窗口看一会儿外边，看着窗口的荒草从青翠变成枯黄，然后倒下去，最后依旧青翠。

《红海》出版之后，秋来到小楼。她首先看了院子里的画，可是因为保存的不好，树桩已经开裂，画已经损坏。我再看画，觉得这不是红的艺术，而是大自然的鬼斧神工，裂口躲在红下刀的地方，画变得更加诡异，海已经破碎，一切都跟着破碎。然后红开始在我脑海里消失。我再一次忘记了她的样子，只知道她穿着一身淡蓝色的长裙。

秋提出跟我住上一段时间。我没有拒绝。

我又开始失眠了，倒不是因为我的床上多了个人。我觉得更多是因为我的妻子。

我的妻子是个在街头卖画的。我与她相识也是因为一幅画，那个时候我正处在写作的瓶颈期，一整天一个字都写不出来。我开着车出去转了很久，直到开到一个湖边。那里的景色不错，湖边种了一圈柳树，柳树枝充满活力，枝条都拖进了水里。我把车停在一边，坐在一株柳树下。湖中有几只我叫不出名字的水鸟，长得漂亮极了。它们在水里划拉着，优哉游哉，怡然自得。我折了几根柳条，编成一个帽子，仿佛找到了童趣。我再次坐起来时，顺着阳光看，阳光里坐着一个人，她在我的对面。我沿着湖边走，感觉自己走了一个世纪。我走到她的面前，她正在给一个人画像，下笔如飞。不一会儿她画完了，收了对方二十块。我坐在她面前，她也没说话，提起笔就画。

"现在有了照相机，你的饭碗不好保证啊。"

"画一个就够一天的饭钱，多画一个就多了一天，只要能活，干什么不都一样。"她说话冰冷冷的，手中的笔也没有停。

"那你有没有想过办一个画展，把你画的所有人都展出来，画尽人生百态。"

"没有。"

我看她没有再说下去的意思了，也就闭了嘴。几分钟之后，我就出现在一张纸上。我看着这张脸，感觉有点儿陌生。我往湖边走了走，趴在岸边，看着水里的自己，又看看画，感觉两个都是假的。

"画得不像，我不收钱。"她好像误会了我的意思。我掏出五十块给她，并吩咐不用找了。

她收下钱，又拿起了笔。她的手再度虚化，太阳已经慢慢地往下落，我看着沐浴在夕阳下的她，突然觉得一生有了归属。她的笔停下来的时候，画板上又多了一幅画，那是一个趴在水边看自己的人，我知道，那也是我。

"之前，读过一段神话，一个人趴在水边看自己，结果因为自己太过美丽，太过沉醉，就掉进水里淹死了。"她笑着对我说。

"哦，听说过。纳喀索斯，水仙花情结，自恋。可是我不会，我只是忘了自己长什么样了。"我说。

"你是干什么的?"

"与你差不多，卖字的。"

她托着腮帮子看着我。

"那你给我讲一个故事吧。"她停顿了一下说。

天快要黑了，我指着湖对面的车。

"咱们找个可以聊天的地方吧。"

我帮她拿着架子，她走在前面。我这才注意到，她穿着一身淡红色的长裙，走起路来，颇为灵动。

我们在路边找了一家咖啡厅。我问她叫什么名字。

"蓝，蓝天的蓝，你呢？"

"枚河，木字旁加一个反文，河是河水的河。"

"你给我讲一个故事吧。"

那是什么时候呢？我记不清了，应该就是未来的某一天。我待在乡下的小楼，我的写作再次遇见了瓶颈，我焦灼不堪。我每天都会拔自己的头发，从早上开始一直到晚上，到了睡觉之前，头发差不多就拔光了。到了下一天早晨，头发又长了回来，如此循环，不知多少岁月。

有一天，我透过阳光，看见一个在我窗户对面作画的女人。我走过去，看见她在画一片海。她穿着淡蓝色（或者淡黄色）的长裙，一边量着，一边画着。那是一片寂静的海，海水却是淡红色，像是刚刚经历了一场战争，平静的水面下都是死去却未及腐烂的士兵。

女人发现了我，她请求我给她一杯柠檬水，我也不知道她怎么知道我喜欢喝柠檬水的。她一连喝了两大杯，她离开我的屋子之前，把她画的画送给了我。我把它挂在了镜子旁边的空墙上。我感觉异常的压抑，不是因为画，而是气氛。我把她送到公路边，看着她骑着自行车渐渐远去，我突然觉得自己还有很多问题没有得到解答，我就开着车去追她。我把车速提到最高，窗外风声呼啸。我自信这样的速度不出几分钟我就会追到她，可是我没有。

　　我走到公路尽头的时候，看见了那个环形的岛。我的车在环形岛上转了很久，我依旧没能下去。等我下了环形岛，我看见了另一条笔直的公路。路两旁栽满了树，树叶是红色的。那个时候，天已经黑了，月亮高高地挂在天上。月光下可以看见一条清晰的自行车车辙，我顺着车辙追了过去。整条路上，就我一辆车，车灯打到很远很远的地方。

　　"那你有没有追上她？"

　　"你听我慢慢讲下去。"

　　"故事太长，我想听结果。"

　　"没有，她消失在一片黑暗里。"

　　"天色不早了，你送我回家吧。"

　　我开着车，把蓝送回了家。她家住在城乡接合部，一片芦苇荡的中心，一座小楼。她走到门前，转过身问我：

　　"你家在哪里？说不定哪天我会去坐坐。"

　　"这条公路走到头，有一个红海公寓，我就在第一栋一单元一楼。"

　　我看着她走进小楼，淡红色的长裙在风里轻飘，像是把天空中的云带走了一片。我走到公路上，隐隐看见了远处的万家灯火。那种莫名的归属感更加强烈。

　　蓝在一天晚上来到我家，她非常冷，冷得发抖。她的头发湿漉漉的，我这才知道外边下了雨。我给她一件我的衣服，她换了上去。我们坐在客厅，我打开电视，她说乱哄哄的，我就关了。

"把上个故事讲完吧，明明都知道结果了，现在却又想知道过程了。"她蜷缩在沙发里，刚刚吹干的头发肆意地倒在沙发上。

"上次讲到哪里了？"

"你顺着车辙追了过去。"

"哦。"

那是一条新修的公路，柏油味还特别重。我开着车一路赶，终于在黑夜里看见了那件长裙。可是也就是一瞬间，她又消失了。她转弯了，而且那里没有路。我下了车，徒步追了上去。跑过那片树林，天空开始变暗，云挡住了月亮。我顺着小路一直走，走了很远很远，我觉得自己像是走了一个世纪。然后有一个人拦住了我，他喝多了。

他说前面有条河，河无限宽广，我过不去。我没有理他，继续向前走，他就跟着我，一直重复那句话，然后他掉进了旁边的机井。我试着去救他，可是我没有办法，我就眼睁睁看着他溺死。我觉得，溺死的人好像我。我趴在井边，尽量使自己不容易掉进去。我看着那张脸，天色太暗，看不清。我小心翼翼爬了起来，我望着前面无尽的黑暗。我已经不想再追那个女人了。突然我觉得文思泉涌。从那之后，我在公寓里写完了《红海》。

"之后你又见过那个女人吗？"

"见过。"

　　"继续说下去。"她不知什么时候翻出了一瓶酒，她正拿着酒瓶喝着呢，她脸上泛起了红晕，原本姣好的脸庞变得更加迷人。我已经没了讲故事的欲望。

　　她一连在我家住了两个月，两个月之后，我与她结了婚。

　　秋从床上坐了起来。她把我也拉了起来。

　　"那她人呢？我说的是蓝。"

　　"不知道，像是在某一天突然就乘着魔毯飞上了天。"

　　"这太不靠谱了。"

　　"哼，现在什么事情靠谱啊。"

　　我躺在床上，继续讲着我妻子的故事。

　　我和蓝结婚后就搬到了她的小楼里面住。我的车因为太久没有开过，生了锈变成了一堆废铁，我用它换了一辆崭新的自行车。蓝整天站在二楼画画，她说她看见了海。她从那个时候起就不再穿淡红色的长裙了。

　　她把院子里的木桩画当成了桌子，偶尔她也邀请我坐在桌旁喝酒。不知是从哪一天开始，她学会了抽烟。她抽烟的样子，很好看，像个电影明星。

　　"那红呢？红去哪里了？还有，你给你妻子讲的故事里的人是不是红？"

　　"不要着急，听我讲下去。"

　　我们的小楼里来了一位不速之客。她是一个编辑。那段时间，我刚刚写完了一本书《深井》，她来到我的小楼编校。她住在楼上。

"她叫什么？"

"冬。"

起初，蓝并不喜欢这个突然造访的女人，她霸占了蓝的天窗。蓝再不能在天窗那里作画。于是蓝躲在楼梯口，画了无数张那个女人，可是都没有脸，以至于我现在根本记不住那个女人长什么样了。

《深井》改了无数遍，我感觉她是在消遣我。不管怎么样，蓝已经不再卖画，我只能负起养家的责任。冬在小楼住了很久，久到小楼的一角结了蜘蛛网。为此我和蓝吵过一架，这让我的生活充满了新鲜感。有一天，冬从楼上走了下来，头发乱蓬蓬的，她走到镜子旁，看着镜中的自己，然后她注意到了镜子旁的画。蓝看见她正在看那幅粉红色的海，就把画给摘了下来。蓝把自己画的漩涡放了上去。这个漩涡和院中的漩涡不一样，这是粉红色的漩涡，漩涡中心伏着一条蛇。

最终，蓝出走了。就像是乘着一个魔毯飞上天一样奇特地消失了。而冬却没有半分要走的意思。她开始打扫，把楼上打扫得干干净净。甚至她还把我的自行车搬到了楼上，我想她一定把小楼当成了自己家，这让我非常不适，于是我把这个女人撵了出去。

"于是，《深井》没有出版？"

"就是现在的《红海》。"

"我其实并不太懂《红海》在讲些什么。"秋在我旁边躺下。

"我也不懂。"

秋很快就走了。小楼终于恢复了平静。我又开始整日掉头发，一个疑问开始围绕我，红到底是否存在过？为了探究这个问题的答案，我决定再走一趟。

屋外开始下起了雪，我这才意识到已经到了冬天。我推出自行车，发现路上根本没办法骑车。我放下自行车开始步行。路两旁重新种下了树苗，隔着一层风雪，我看不清这片土地到底有多宽广。雪越下越大，视线越来越模糊，我走了很久很久，终于来到了那片树林，穿过树林，天已经黑透了。雪小了很多，我小心翼翼地走着，我记起这里是有一口井的。可是我还是掉了进去，只是井已经结了冰。可是我依旧出不去，如果没有人救我，我迟早会被饿死。就在这时，上面出现一根绳子，我拽着绳子，有人把我拉了上去。他长得好像那个淹死的醉汉（我其实也忘了醉汉长什么样），他扔给我一瓶酒，让我暖暖身子。我喝了一口，好烈的酒。

"这条路原来是走不通的，因为前面有条河，河无限宽广。可是现在结了冰，可以过去了。"

"你认不认识一个叫红的女人，穿着淡蓝色的裙子。"

"这种鬼天气谁会穿裙子，而且哪个女人会叫红？"他有点儿不耐烦。

"她会画画！"

"我不认识什么红啊、蓝啊的！我带你过去，你自己找。"他又猛灌了一口酒。

前面果然有一条大河，天色昏暗，加上风雪，完全看不见尽头。我就跟在他后面，不时轻轻抿一口酒。走到对岸时，天已经亮了，他在后半夜已经醉倒，我一直拖着他。把他拖上岸，我踩了一个雪窝给他保暖，就往前走了。

我看见了一个穿淡蓝色呢子大衣的女人，她走得很快，我跑了上去，拍了拍她的肩膀。

"红！"

她回过头来，她是蓝。

"听你描述这个地方，我很好奇，就找了过来，我并没有找到那个叫红的女人，于是我就在这里画画生活了。"蓝抱着一杯热水，水里泡着一片柠檬。

"我又开始掉头发了，所以想出来走走。"

"要不要听我在这里的故事？"

"好啊。"

蓝刚到这里时，很多人把她当成了红。因为她们都是穿着长裙，都会画画，后来人们发现她不是红，因为红画画不收钱，蓝收二十块。但是蓝还是从来都不缺顾客。人们很快就接受了这位穿淡红色长裙的姑娘，后来有人建议蓝换个颜色，蓝就穿起了淡蓝色衣服。

蓝在这里也遇见了一个作家，他是一个酒鬼。那段时间他什么也写不出来，整天把自己灌得酩酊大醉，直到遇见了蓝，蓝给他画了幅画，后来他掉进水里淹死了。蓝说，她在这里看见了冬，她已经不像从前那样讨厌冬了。她甚至请冬吃了一顿饭，在吃饭的时候，她想过毒死冬，可是她放弃了。

"你真有意思，蓝。"我说。

"是你太没意思。"

蓝继续讲故事。那个作家被人从水里捞出来时，已经腐烂了。他的脸已经不能辨认，人们从他的家里找到了蓝画的画像才记起他的模样，那幅画就成了他的遗像。人们给他办了一个草草的葬礼，最后把他的骨灰撒在了无边无际的大河。蓝从此被人们尊重。

冬来到这里应该是因为那个作家，可是，她来到这里的时候，作家已经魂归故里。她在这里游荡了两天就离开了。

我和蓝一直聊到咖啡馆打烊。蓝把我带回了家，这个地方很像红海公寓。蓝给我端来一杯水，问我要不要加柠檬，我摇了摇头。我再次与蓝睡到了同一张床上。这时我才意识到，蓝还是我的合法妻子。

我从蓝那里离开时，蓝还没有起床，我给她做好早饭，泡上一杯柠檬水。屋外还是特别冷，我顺着原路返回。走到河边时，我看见了那个男人的尸体，已经冻实了。他的手中还握着酒瓶，我抽出一根烟，蹲在他身边抽，我仔细看了看他的脸，真像蓝给我画的画。

"可惜我没有把画带在身上，你连一个遗像都没有。"

我把酒瓶从他手中拿出，尝了一口，然后吐掉。我把他拖到河中央，等河冰开化，他就可以顺着河流寻找故乡了。

回到小楼时，我已经没了知觉。我把自己泡在热水里，泡了很久才回过神，有人在我屋里。是冬，她用围巾裹着脸。

"我来这里避避寒，雪一停我就走。"冬再没有说话。

我一直待在楼下，没有上去。冬到底是什么时候走的，我不清楚，就像我不清楚她什么时候来的一样。窗外的柳条开始抽芽，慢慢茂盛起来。我在一个清早站在镜子旁，看着满头青丝的自己，露出了久违的笑容。阳光顺着窗子照到我的脚背，我顺着阳光看过去，一个黑影正朝着小楼走来。我急匆匆打开门，看见一个身穿淡蓝色长裙的女人朝着我走来，我长舒一口气，喊了一声：

"红，你回来了！"

女人愣了一下。

"我不是红，我只是来讨杯水喝，走了很久，都是红树林，一直没有见到人家。"

我给她倒了一杯水，递给她。

"你们家有柠檬片吗？加在里面很好喝。"

我翻了翻冰箱，在最里面找到了一个柠檬，切片，然后泡水。我把水递给她。她一饮而尽，她又要了一杯饮下，然后踏着欢快的步伐离开了。裙摆微浮，颇为灵动。

我试着加一片柠檬，喝了一杯，确实好喝。柳枝慢慢浮动，不远处的荒草变了颜色，又成了一片青翠的海，顺着公路看过去，红色的树海又起波澜。

"原来我的生活现在才回到了起点。"

黑白照片

　　火车嘎啦嘎啦响了起来，他坐在铺上看着外边缓缓加速奔跑的风景。他不时瞥一眼胳膊肘下边的木质骨灰盒。匆匆赶火车，竟忘了拿个东西遮盖它，现在他总想遮住它，哪怕用身体挡上，主要是挡住上面的两寸黑白照片。他赶到殡仪馆的时候，正好赶上了遗体告别仪式。那个男人已经躺在了桐油刷过的棺材里，穿着崭新的寿衣。棺材亮堂堂的，上面雕着各式花纹，有祥云、仙鹤，以及各种叫不出名字的瑞兽。不过看得出来，这口棺材已经躺过很多人了，内壁上还有擦痕和一些劣质寿衣留下的颜料。它终究不属于那个男人，那个男人也只是它职业生涯里的一个匆匆过客。在一旁等候的工作人员让他签了火化单，带着轮子的棺材就被工作人员推走了，咕噜咕噜的声音在走廊里回响。他坐在凉凉的连座钢椅子上等候，墙上禁止抽烟的牌子让他无所适从。掏出手机，又装进兜里，又拿了出来，滑向通信录，翻了一圈，又装进了兜里。他站了起来，顺着长长的走廊望过去，凉风缓缓拂面，他闭上眼长叹一声。

接到那个男人意外死亡的消息时，他还在孟津县里策划一个小公园的大型活动。为了给这个位置偏远的小公园宣传，增长人气，他已经和这里的道长们同吃同住了好几周。没有人明白为什么一个小公园里会住着一群道长，然后又供奉观音娘娘以及三清。他也弄不明白，当他想谈及此事的时候，总经理拿出一打红色钞票问他能不能干，他眼睛都没有眨，说，能干。活动将要举办的前一天，他忙得焦头烂额，所有的设备和人员已经在走最后一遍流程。当他发现设备出现了致命的问题的时候，那个催命的电话打来了，他顺手给挂了。他咽了一口唾沫，蹲在了地上，挠挠头，又看看坏掉的 3D 全息投影设备，一天的租金是三千，才用第三次竟然就坏了！技术人员跑过来抢修，他手中的电话又响了。是他大姑。

他大姑是个普通的农村妇女，有着家族里标准的厚嘴唇，说起话来像是机枪一样。因为夹带着哭腔，本来尖涩的声音变得更加难听。他想起小时候去大姑家的事情，刚到她家时，他们正在吃饭。家里煮了鸡蛋，一人一个，都在吃着。大姑看见他来了，让他先到厨屋坐着，他说他也想吃鸡蛋，大姑说，就煮了三个，你哥一个，你姑父一个，我一个。他哭着说要吃鸡蛋，而且他看见灶台上明明还有两个，他大姑说是生的。他表哥说是熟的，还磕给他看，但是他终究没能吃到鸡蛋，哭得稀里哗啦。这个时候他母亲来了，什么话都没说拽着他走了出去。回家的路上，母亲翻找了好一会儿，没有找见钱，到村里代销点赊了十块钱的鸡蛋。一天三顿煮给他吃，那一次，他吃吐了。之后他再也不吃白水煮蛋。

大姑的声音还在耳边叨叨，他说了声知道了，就挂了电话。

设备在晚上七点钟总算是修好了，3D 全息投影的满天神佛在天上飞。他看着漫天的光景抽着烟，感叹着：

"我真是个天才！"

小公园的总经理站在他身边都看傻了。之前听他说了很多次，全新的技术非常吸引人。眼见为实，真的太壮观了。四周村庄的老百姓都挤过来看，道长们在外边拼命地维护，还不断大声喊，明天再来看，明天再来看，明天会有更大型的表演。但是压根儿没人认真听他们说话。都在看那几个飞天的菩萨和冒着金光的佛祖与三清。他不担心有人站出来批评他不伦不类，他需要话题，有话题才能带动人气。改行之后，做了几年活动策划的他深谙其中的道理。再说，路子多了好办事，神多了也是这个意思，虽然他深信这世上没有神。

安静下来，打开手机，未接电话又多了十一个，打得最多的是一个开封移动的号，他把手机装进兜里，伸手接下总经理递来的烟，另一只手护着火，总经理问他是不是有事儿。他抽了一口说，没啥事，几个未接电话，天天都是这样，习惯了。总经理说，明天活动结束了，尾款就到账，之后有兴趣就长期合作。他说没问题，这样的事情他很擅长。

彩排结束，他让所有工作人员提早回屋睡觉，明天要起一个大早。他跟着总经理走到自己的房间门口，跟总经理说了声晚安，总经理笑着问他要不要放松放松，他笑着摆摆手说不用了。进了屋打开灯，走到窗前推开窗户，外边的夜黑得很纯粹，连盏亮着的灯都没有。他拿出一支烟点上，掏出手机，拨了那个未接电话。电话直到快要自行挂断时才接通，里面传出一串急切的话：

"你咋回事，咋现在才接电话，你爹死了你不知道？"

"你是谁？"

"我是你叔，你说我是谁！"

"哦，我没存你电话。"

他叔排行老末，就比他大十岁。小时候特别爱欺负他，伙同其他大一点的孩子半道儿劫他的零花钱。有一次他手里有一块钱，是留着中午买饭的。父母外出工作了，家里没人做饭，爷爷奶奶又不待见他，他就把这一块钱攥得很紧。路上他叔又找他要钱，他说没有，他叔看见他的手攥得紧紧的，就问他里面是啥，打开看看。他说什么都没有，他叔不高兴，逮着他打了一顿，然后拿着钱去买了一个一块钱的雪糕。他中午没饭吃，家里又锁了门，下午干脆学也没去上，就蹲在家门口哭了一下午，哭着哭着没劲儿了，就躺在大门口睡了一下午，直到天黑了父母回来。

他此时听着他叔在电话里催促，说你不回来，这事儿怎么办？你爹就你这么一个儿子，你不回来给他送终，谁来送？他深呼了一口气说，明天的事儿完了，我能拿五万，现在走了，什么都没了，还让人骂街，我走不了。电话那头没声了，他仔细听了听，电话那头的讨论一刻没有停止。关于他爹抚恤金的问题；关于城里那套房子的问题；关于之后怎么养老的问题……反正没有一个说怎么善后的。他把烟屁股弹出窗外，关上了窗户。

火车逐渐平稳匀速行驶了，他把骨灰盒往里边挪了挪，挪到最里边。自己蜷缩在铺上。中铺的中年男人探出脑袋问他，大兄弟，里面是谁啊？他抬头看他一眼说，我爹。中年人递给他一支烟问，在外边走了？他接过烟点点头说，回家。咋就你一个人呢？中铺的中年男人已经下来了，坐在他对面。

他从孟津开车回到开封的时候，所有人都已经在殡仪馆了。他一走进去，所有人都静了下来。关于遗产的所有讨论暂缓了下来，一个个都看着他，像是有说不完的哀思。他很多年没有见到大姑了，她变得又老又丑，但是厚厚的嘴唇一点没有变老，以至于让她整个人看起来像条鲇鱼。叔留了两撇小胡子，旁边跟着他刚刚会跑的小堂弟。叔的肚子已经快要突破孝衣了，小堂弟戴着比脑袋大一圈的寿帽，伸手去摸叔的肚子，边摸边笑。叔像一条鼓了气的河豚，浑身的刺都立了起来。他小姑和奶奶在一旁坐着，小姑嘴里似乎在念叨着什么。他找了一大圈，就是没有见到母亲。他穿上孝衣，披上麻，转身想去厕所。他看见母亲在走廊尽头的连座钢椅子上，他走上前说了句我去趟厕所，转身进了厕所。从厕所出来，他照了照镜子，把白色带棉球的帽子摆正，拨了拨棉球。他看着母亲说，我回来了，咱们过去吧。家里的东西，一毛钱都不会出去。我叫的律师还有十几分钟就到。母亲说，你也不要做得太绝，毕竟是一家人。他看着母亲说，你也别忍着了，狗屁一家人。他扭头看着走廊那头说，老头死了也好，你带着钱走吧，省得他们再来欺负你，一堆人疯狗一样咬你。母亲问，你不跟我一块儿走？他隔着孝帽挠挠头说，我先把老头埋到三河。

　　那个男人生前一直念叨着三河，年轻的时候在乡里当值，分配到了三河，在那里一待就是十年，等回家的时候，就已经抱着他回去了。之后的二十多年里，就回去过一次。那个男人带着他偷偷摸摸地跑了回去，带他去见了他的亲生母亲——一座被荒草埋没的坟墓，木树干做的墓碑不知道被谁拿走当了柴火。本来就沉默寡言的他回来之后，就更少跟那个男人说话了。可是那个男人一直跟他说话，说死后很想葬在三河，葬在三河林场的最边上，那边有条小河，很美。他总是对那个男人说，不要想得太美，多活两天。可是那个男人还是没听他的，走得很突然，在出差的路上突发脑溢血，人没到医院就没了。单位的车连夜把他送到了开封，直接拉到了殡仪馆。这个决定是他叔下的，省了一笔钱。可是，那个那么顾家的男人，死都死了，还不让他在家里走个过场。

他走回殡仪馆大堂，搀着他母亲，对面那一堆人里没有一个人给她好眼色看。奶奶坐在椅子上蒙头哭，喊着那个男人走了就没人照顾她了，其他几个儿女都上来吵她，说不要瞎说。她继续哭，其实这是哭给他看的。那个男人死在任上，单位给了十五万丧葬费和二十万抚恤金，加上家里的房子和其他一些财产，加起来得有一百多万，这块大肥肉把这一家子人全都钓了过来，一个个都在演戏给他看。他给在外边等候的律师打了个电话，穿着正装的律师提着公文包走了进来。他对着律师说，念吧！

那个男人从四十岁的时候就立了遗嘱，死后所有的财产都归他和他母亲。遗嘱刚刚读完，一群人蜂拥而上，质疑遗嘱的真伪，然后大喊大叫。哪里有这么巧，老二可是猝死的，一说分家产就出来一份遗嘱，今天要是不把钱分给我，谁也别想走。他大姑拉着律师，恨不得把他给撕碎了。律师挣开，对他大姑说，你注意你的言行，我随时可以告你。一听到这话，她冷静了下来。怔了一下，脱了孝衣转身向外走。奶奶本来还想上去拦她，可是她一甩手，直接走了出去。他从包里拿出两万块现金塞给奶奶，说，这钱你拿着，谁也别给，够你养老。小姑眼巴巴地看着他，他拿出一万给她说，我姐结婚我没去，这算是补个礼钱。他叔和小堂弟站在那儿，看着他没有说话。他走过去递给叔一根烟，叔接下。他说，叔，你还记得不，小时候有一次你抢了我一块钱，那是我的午饭钱，你还顺手打了我一顿。吓得我那天下午不敢去学校上学。叔笑笑，都多少年的事情了，你咋还记得。他上手给了小堂弟一巴掌，小堂弟马上哭了起来。他蹲下来从兜里拿出一万块递给小堂弟说，你记住，你哥打你一巴掌，给了你一万，我不抢你的钱，拿着钱，好好去上学，多学点东西，多学点好东西，别像你哥一样学坏了。他叔瞪着他，但是全程一个字也没有说。

他把骨灰盒抱走了，赶最早一班去三河的火车。走之前他嘱咐律师朋友帮着把房啊，家具啊，还有那个男人留下的其他东西全都卖了，把钱给自己母亲。他已经安排好了，让这个后母带着钱回南方去。他把那个男人葬了之后，就去南方找她，要是她想改嫁，就把钱给他五十万。他后母说，人都老成这样了，还改嫁个啥，钱全都给你娶媳妇儿用。

中铺的中年男人手中的烟已经换了好几根，跟他说，兄弟，你也别泄气，这世道不就是这样吗?! 他笑笑说，泄什么气，还得继续过下去啊。中年男人赔笑了几声说，兄弟你想得还挺开。他叹了口气，想不开也没有办法啊。

他扭头看着角落里那张黑白照片，那张照片还是他照的，在龙亭。那个男人说很久没有出去玩了，说完从兜里掏出三张龙亭公园的门票，说是单位里老张给的。等到了晚上还有花灯。他清楚他们单位里那个老张是什么人，肯定不会好心到给票让他们家出去玩。那个男人就是找借口缓和一下家里的气氛。他说最近正好有空，就去看看呗，那个男人眼睛舒展，笑了起来。照片是在龙亭大殿门口拍的，那个男人喊着，来来来，就这儿，给我拍一张。他掏出手机，也没怎么比画，直接就拍了。相对于他给之前那个女友拍照时的模样，他现在显得太过敷衍。那个男人不断夸他拍得好，拍电影的就是专业。他心里略微有点儿难受。

他把骨灰盒掉了个头，让黑白照片冲里边，又拿被子盖着。外边天刚刚亮，远处是一排排杨树，枝繁叶茂。火车跑得很快，那些树已经不见了，远处是一个小镇，火车在高处，他感觉自己就像一只飞在天空的鸽子，看着下面积木一样的世界。火车进了隧道，轰隆隆的声音充斥着耳朵，他重新躺在铺上。闭上眼，回忆那一排排杨树。

他大概十二岁的时候，那个男人去给他叔帮忙，结果替他叔挡了一下掉下来的大理石板，把手给砸烂了。他叔出了一百块钱让他去包扎。骨科医院的老周说是粉碎性骨折，他叔跳起来说，这钱我就只出这么多，再多咱们就打官司。他从角落里走出来，拿着长条板凳就给他叔来了一板凳。直接把他叔打蒙了，他叔捂着头骂骂咧咧地走了。那个男人疼得说不出话，眉毛都挤在了一块儿，口歪眼斜。

拆线那天下了大雪，那个男人问要不要跟着他去骨科医院转一圈。他点了点头。走在护城堤上，一排排掉光了叶子的杨树直愣愣地站在旷野里，脚下是厚厚的叶子，走起路来簌簌响。那个男人说，这些树都是天生的。他不信，天生的怎么可能长这么齐。那个男人说，这里原来是一片乱葬岗，到处都是坟，本来土壤一点肥力都没有，就是那些人养肥的。他问这跟树是不是天生的有什么关系，那个男人说，这些树苗就是那些坟旁边的树落下的籽长出来的。他还是不信，他从未见过杨树籽，他想了很久，他也不知道杨树苗是从哪儿来的。踩着深一脚浅一脚的雪走下护城堤，那个男人开始给他讲他在三河林场的故事。

三河就那么一片林子，大概七百亩。他打岔问，七百亩有多大？那个男人说非常大，林场周围有条小河，他们那群分配过去的人就住在河边。那个时候三河很苦的，因为土地并不怎么肥沃，加上方圆几十里就这么一片林子可以烧火，所有人都过来砍树。他们那群当值的就护树，其中就属那个男人护得最厉害，半夜起来撒尿都要到林子里转一圈。也就是巡夜，让那个男人认识了他的生母。他又开始打岔，我亲妈好看不？男人说好看。他又问，好看你咋不把她带回来？男人愣了一下，蹲下来说，是我的错。男人的手被包扎得紧紧实实，吊在胸前。男人想不到他会这么问。男人说，那时候在三河，他之所以可以待十年，可能就是因为你生母。他又问，你当时在那里干什么？男人想了想，说，干些很碎的事情。所有人都想着把工作关系转回市里。他又问，你也想吧？男人说，想，又不想。最后还是转走了。

他躺在床上，因为骨灰盒的原因，翻身翻不了，也睡不着，又把窗帘拉开，看着外边飞过的景物。他抽出一根烟，还没点上，上铺的女人就不乐意了，说，一路上抽了那么多了，念你死了爸，我不说你，但是你也得为大家考虑啊！他突然觉得脸很烫，像是被人打了一耳光，烟已经叼在嘴里，只好拿出来，捏碎了扔在垃圾盘里。中铺的男人翻身下床，从床下边拉出一个蛇皮袋，解开，拿出一瓶矿泉水。拧开盖，酒香溢了出来。中铺的男人示意他拿个瓶盖过来，两个人抿几口。他把自己水杯的盖子递过去，一盖子也得有二两。中铺的男人拿出几个袋装的泡椒鸡爪递给他，两个人坐在床边有来有回，骨头吐了半盘，酒喝得七七八八，人也晕乎起来。

那个男人生前不怎么喝酒，但是为了应酬，多少也能喝点儿。有一次去他大姑家里，大姑做了一桌子菜，他表哥想让那个男人给安排个工作。他坐在男人身边提醒他，母亲不让你喝多。男人点点头，有数。大姑瞪了他一眼说，南方的娘儿们就是不懂事。男人喝得很克制，但是姑父和表哥一直不停地让男人喝，他不乐意了，说，他都不想喝了，你们咋还灌他！大姑上来给他一巴掌，他什么他，那是你爹！他坐那儿愣了一下，然后离开座位哭了起来。没有一个人管他，男人想要去哄他，被大姑拦住了，说小孩儿不能惯着。最后男人被灌得醉倒在桌上，怎么也起不了，哭着对他说，你爸对不起你，也对不起你妈。

他在火车上碰见了熟人，他大学时期的女朋友。她起来去厕所，两个人不经意间瞥见了对方。她看着他床铺深处的骨灰盒问，爷爷还是奶奶？我爸，他说。她一脸惊讶，怎么走的？叔叔不是还年轻吗？去外地出差的路上突发脑溢血。可能是我家里的隐性遗传病，我爷也是脑溢血。说不定哪一天我也脑溢血。她照着他的手打了一下，瞎说。他看着眼前有些疲惫并且素颜的女人，往事在脑子一幕幕回放。他问，你结婚没？她亮了亮手上的戒指说，这次就是去找他的，他三河人。你呢？他点点头笑着说，谁要我啊！她说，肯定是你太挑了。他说，没挑，就是闹不明白。他指着骨灰盒说，像这个男人到了四十岁才闹明白老婆孩子对他最重要。我现在闹不明白，结婚生孩子必不必要。她把话题转移到工作上，她说她现在在武汉教书，她丈夫在三河当公务员。他问，那岂不是常年分居？她点点头，也就寒暑假我去三河，这不才结婚没多久嘛！互相迁就一下，过两年就好了。他打趣道，你老公放心你吗？这么好看一个媳妇儿在外地！她笑了一下，我还不放心他呢！男人都不是什么好东西！他看着她，眼神飘忽，心神也跟着飘忽。她问，你跟叔叔的关系还不好吗？他说，现在好不好都没有意义了。她说，你这么理解不对。他说，真的没有什么对不对的，人都死了。她说，是人没了。

他们两个聊着聊着天就沉了下来，夜色慢慢淹没窗外的世界。他们聊了一下午，一起去餐车吃了晚饭。他把骨灰盒放好，拿被子盖紧，跟着她进了厕所。逼仄的环境让他们疯狂地向对方索取，却又因为环境克制下来，不敢发出声响。他顺手拉上了厕所的帘子，他曾经幻想过娶这个女人，可是一是因为他害怕结婚，二是他并不知道到底什么是爱人。如今女人已经嫁人，双方留给对方的只有一副肉体。快要进行最后一步的时候，有人敲了敲门，两个人的热火一下子熄灭了，然后就是说不出的尴尬。他们等了一分多钟，感觉外边没有动静了，打开门出去。水池边一个男人正在抽烟，看见他们两个从厕所出来，对着他笑了一下，笑容里面充满了猥亵。他们走回床铺时，后面还有人议论，现在的小年轻就是不一样。他觉得有双眼睛在看着他，他找了很久，发现是骨灰盒上的黑白照片，他又把照片那面转到了里面。

他的后母是南方人，在男人得知他的生母已经死了的时候，男人以照顾他为由，娶了后母。后母很关心他，为了不落人口舌，她拼尽全力讨好他。在家里并不富裕的时候尽量满足他的口腹之欲，害怕他长不高，经常给他买昂贵的补品。这些钱都是她辛辛苦苦赚来的。她很在乎旁人的眼光，怕别人说她是后妈对儿子不好，为此她决定不再要孩子。这些他都感受得到，其实从那次吃鸡蛋的事情上，他已经明白了，这个女人是一个值得叫妈的女人，或许她比他亲妈还要好，尽管他不记得自己的亲妈。他总是对她言听计从，不挑刺，她吩咐的事情也尽量完成；好好学习，在学习上从来不让她操心；不惹是生非，晚上天一黑就回家，乖得像天生的模范。可是她说，你不像一个孩子，不像一个亲生孩子。

后母给他打来电话，说她已经安排好其他事情了，就等着把这边的东西全卖完。他说，要是那几个人到家里闹，你就报警。他还给她一个电话，是他一个同学的，在开封当警察。她说，她不想闹了，她在这个家里待够了，他们要什么就给什么，赶紧搬光了就走。他说，你看着办吧，要是他们敢动你，你就报警，实在不行我找人收拾他们。她说，这一家人都是吸血鬼。他愣了一下，他从来不知道她还能说出这样的话。她向来都是默默忍受，看来那个男人一死，她也差不多死了一半。

半夜，他睡不着，在车厢里晃。女人也没睡，手机还亮着。她下了床，两个人坐在过道的板凳上，什么话也不说看着窗外。她给他发信息，明晃晃的屏幕照亮了她疲惫的脸，我们是不是不道德？他看了一眼，手指飞快按着屏幕，这世界上哪里还有什么道德。她回复，这话像你说的。他回复，那什么话不像我说的？她回复，那句你还想着我。他沉默一下，抬头看看她，又看向了窗外，手指在屏幕上跳跃，确实不像我说的。她说，你能不能改改你那副天下人都对不起你的模样。他看着手机，晃了一下神。江山易改，狗改不了吃屎。两个人感觉没有什么好说的了，给对方发了一个晚安，一个向这头走去，一个向那头走去，走廊里暗得要死，也不知道对方有没有回头。他一头躺下，看了看时间，还有七个小时就到三河了。这熬人的旅途就要结束了。可是比这个更熬人的是女人那句话，全世界都对不起他。如果一家人对不起你，你得向一家人复仇，揪着他们的尊严扇耳光；如果是一个世界呢，难道还要像哈姆雷特一样提着剑去决斗、去复仇吗？可能真的是方向错了，世界没有对不起你，你也没有对不起世界，或许世界根本无暇理你。狗早就不是下贱的物种了，再说饿急眼了，吃屎的人也会有。

他做了个梦，梦见他就是那个男人，夜里站在树林里撒尿。不远处有当当当砍树的声音，他慢慢走过去，看见一个女人正在砍树。那个女人浑身雪白，不是指衣服，是皮肤，白得像雪，又像玉兰花。他说，你不能砍树。女人似乎听不懂他说的话，继续砍树。他上前拦住她，她看了他一眼，两只眼睛亮堂堂的，直接把他吓醒了。那是一只狐狸？狐狸精？他又想起了他大姑那副枯槁的嘴脸。她以前总是说他是狐狸精生的野种，所以全家人都欺负他。他发现他内心里还是恨自己的生母，也恨那个男人，干吗要生下他呢？既然生了，为什么不给他一点儿起码的尊严呢？梦里他哭了，现实中他哭不出来。上了初中之后他真的很少哭了，哭也只是因为生理上的疼痛。他爷死的时候，他大姑说他，野种就是野种，死了亲爷也不掉滴泪。他心里也骂过，就你会哭，眼泪像自来水一样贱，说来就来，想走就走。就这么咒骂着、回忆着，问题又回到了原点。对不起他的究竟是这冷漠的一家人，还是他的父亲，那个已经变成盒子里一捧灰的男人，抑或是那个根本没有记忆的生母，或者更扯淡一些，是三河，要是男人不去三河就什么事情都没有了。不对，他意识到了不对，这样追根溯源，对不起他的真的是世界。

　　火车快到站时，女人过来叫他，他跟中铺的中年男人告了个别，端着骨灰盒和女人一前一后下了车。原本她丈夫要来接她的，结果昨天临时出差，去了外地，过两天才会回去。他说他得去三河东郊林场。她说，也不急于一时。两个人走进了火车站附近的小旅馆。破旧的旅馆里设施很差，除了一张床是好的，其他多半是坏的。不过他们也不讲究了，至少比火车上的厕所好。时光像是倒退了，那个男人没有死，这里也不是三河，而是武汉，她没有嫁人，两个人还是正当的情侣，两个人变得无所顾忌，记忆与现实来回转换，让他生出一种不真实的感觉——世界在变化。他突然想到了什么事儿，起身把骨灰盒转了个头，把照片冲里，又感觉不妥，抱着骨灰盒进了卫生间。等他回来，女人的兴致已经快灭了。他又上去撩骚，两个人重新燃了起来。

　　他把她抱起来，走进卫生间，准备洗个澡就离开。脚一不小心踢倒了骨灰盒。他赶紧把她放下，把骨灰盒又放在外边。女人已经关了门，他站在卫生间门口愣了一下，转身坐在了床上。照片还是冲着他，他很烦，把照片抠了下来，随手扔进垃圾桶，又拿了出来，怎么安都安不上，干脆装进了裤兜里。

　　女人洗完澡，他又上去抱着女人，女人想要闪躲，可是无处可去。女人的头发湿漉漉的，他推着女人又进了卫生间。他们从小旅馆里出来时，已经是下午了。女人回了家，他坐车去了东郊。

　　破旧的公交车略微有些颠簸，他把骨灰盒放在腿上，一只手扶着，顺便捂着照片。司机总是透过后视镜瞄他，他知道司机是在看骨灰盒。他周围的座位上没有人，似乎所有人都想与他保持距离。这时他才意识到，带着骨灰盒上公交车是件晦气的事情，又后悔没有拿个东西包住它。车子刚一停下，他便抱着骨灰盒走下了车。

　　天气炎热，路面上的尘土已经被热浪压迫得抬不起头。他走着走着，突然觉得自己行走在沙漠中，周围的一切都变得模糊，人和建筑都慢慢淡出视野。这时，他远离了世界。没有了世界的打扰，他开始意识到那个男人很轻，轻到和脚下的沙子一样。可是他还是醒了过来，在一长串的喇叭声中，在司机浓重的方言腔中，在那些不堪入耳的词语中……总之，他又回到了这个世界。

　　林场早就没有了，他想着也是，都这么些年了。他循着记忆找生母的坟，但是找了一圈，除了野草什么也没有。说不定早就让人给平了。他也没有找到男人口中的那条河，像是这里从来就没有河，只有低矮的野草。他找了地方，挖了一个坑，挖着挖着，挖到断掉的树根，顺着树根他看见了一个几乎贴着地的树桩。他确定了，这里就是林场。他把骨灰盒放进坑了，手脚并用，把坑填了起来。他想起男人说，树根很难死去，早晚会长出新苗。他看着树桩说，争点气，你旁边的肥料也挺肥的。

　　要离开三河的时候，他给女人打了个电话。女人过了很久才接，女人说她男人回来了，专门回来给她做饭的。他说，你嫁了个好人啊。她说，不瞎聊了。他说，我走了。她说，走吧，走吧，以后反正也见不着了，见了也假装不认识。他还没来得及说话，电话那头就急匆匆说，我老公叫我吃饭了，不说了。电话就这么挂断了。

　　到火车站买了票，进了站找了座儿坐下，把在外边买的饭拿出来吃。他总感觉裤兜里有什么东西，挺硌的。把饭放在隔壁座位上，掏出来，嘴里没有咽下的饭漏了出来。照片上的男人笑得很开心，那天在龙亭公园门口男人说，以后我死了就用这张照片作遗像，大导演儿子拍的，绝对是最好的，让我死了也风光一回。他鼻子突然一酸，"哇"一声哭了出来，大喊了一声：

　　"爸!"

第二辑　堵街的少年们

飞跃冷却塔

　　我和张航海打赌的事情很快就传遍了整个火电厂小学，所有人都觉得我这种不要命的冲动毫无意义，其中表现得最为突出的是我最好的朋友——孙小兵。

　　孙小兵大名叫孙大军，他身材很小，比我还要小一点，于是学校里的人都叫他小兵。起初他还会反驳一下，大吼，我叫大军，后来喊的人多了，他就习惯了，觉得自己只能成为一个小兵，而不是大将军。我跟他关系好，完全是因为个头儿，我们生得矮小，完全不像张航海那样，人高马大，腆着一个大肚子，经常标榜"大肚子——英雄"。老师安排我和孙小兵坐在一桌儿，时间一久，两个人就熟络起来。他总是从他家的小卖部里带些散装小零食给我，这让我既开心又羞愧，我家只卖豆腐豆浆，他都不喜欢。

　　放学路上，孙小兵在我眼前乱晃，叽叽喳喳地问我是不是疯了，要和张航海比试爬冷却塔。我没有理他，眼睛顺着马路望了过去。马路的尽头就是火电厂的冷却塔，一个像张航海一样的高大胖子，整天张着大嘴吐着白色的烟雾。冷却塔下面是我们的乐园，里面住着很多鸟，燕子、麻雀、斑鸠、喜鹊等，我和孙小兵经常去那里摸鸟蛋，有时也会摸到幼鸟。摸到幼鸟就带到家里养起来，为此，我们没少挨家里大人的打。特别是我，有一次把一只雏燕带回家，我妈看见了，拿着搅豆浆的大勺敲我，让我赶紧把鸟还回去，说燕子是益鸟，伤害益鸟是要遭报应的。那一勺结结实实地敲在我脑袋上，好像完全不担心我会被敲傻。在去还鸟的路上，我遇上了张航海，他一把夺走了我手中的幼鸟，然后摔向马路牙子，那只鸟甚至没有来得及叫一声就死了。我很想与他争辩，但是以往的经验告诉我，我如果多说一句话，他以及他身后的那些"小弟"，就会像摔燕子一样把我摔在地上。

孙小兵还在我耳边说，书明，你是不是疯了，冷却塔那么高，会摔死的。我扭过头来看着他说，没事，没准儿张航海先摔死，他胖，落下来一定比我快。他更加着急，摔得快慢有差别吗？那么高，会死的，摔得稀碎。我轻，再说了，还有三个星期，要是我学会了轻功，就肯定能赢他。他愣了一下，你跟谁学？对于他的反应，我心里有点儿沾沾自喜，他一定不知道我拜了个师父，专门学轻功。

第一眼看见老李的时候，我就觉得奇怪。他的背很驼，拱起来像小山包，脑袋低含着，像是被背上的山包压着一样。按说他这种身材，走不快的，可是他走得非常快。他挎着装满糖果的柳条篮子，来回穿梭于车辆之间，一连好几年，没有出过一次事。我知道，这一定得益于他的轻功。放学后，我到街上送豆腐，顺便跑到老李身边，问他，老李，你是不是会轻功？老李惊奇地看着我说，你怎么知道？我说，这个你不要管，教我。老李说不行，我答应过我爹不外传，你不姓李，不行。江湖规矩我还是知道的，自家功夫传男不传女，老李就一个女儿，不能继承他的衣钵了。我说，老李，你不能这么死板，你看看，你又不能教你女儿，你这一身本事要是就这么失传了，也太可惜了。老李做出思考的样子。这时我妈叫我了，我对着老李大喊，你好好想想。老李对着我笑了一下。

火电厂的对面有条宽敞的马路，因为火电厂东边有一个公交客运站，人流量相当大。又因为出城的高速路口就在东边不远，所以平时车来车往。人多了，车多了，商贩自然就多了起来，围绕着马路，一条带状的集市就这么兴起了，人们开始叫这条街为堵街，原名火电厂路被渐渐忘记了。我家的豆腐店就在堵街东边，离铁路只有三十多米，从1999年来到堵街算起，今年已经是第三年了。每天下午五点半，正是人流量大的时候，火车从南边缓缓驶来，嘎啦嘎啦的响声晃晃悠悠的。它像是一把铡刀，横切下来，把整条马路给堵死了。东边的车想过来，西边的车想出去，都没辙，得等着，等着一列车的煤卸光，火车尾变车头，原路返回。豆腐店这个时候最忙。我刚刚放学回来就得帮着我妈切豆腐、称豆腐、算账、收钱。不忙的时候，我妈会看着我算账，虽然计算器就在我面前，可是我完全不敢碰，碰了她就拿量衣服的木尺打我，算错了也打，我的数学因此每次都考全班第一。那段时间人多，她让我用计算器，找钱的时候她会再看一眼。我不会用杆秤，只能帮着装袋子。碰见熟人，人家根本不下车，打开车窗吆喝一声，我就得跑过去收钱送豆腐。我就在收钱送豆腐的时候跟老李搭话。他不买我家豆腐，他也做生意，挎着他的柳条篮子挨个敲车窗。多数情况下，他等来的都是冷脸，但是有孩子的父母也不介意给孩子买些糖。老李的糖很独特，和市面上的大白兔、软糖、硬糖、玉米糖、花生酥等糖都不一样，看起来高级多了，包装精美，糖纸展开是一幅小人画，里面是块黑黢黢的巧克力。多数小孩儿缠着家长买的动力都不在巧克力，而在小人画。

我算是老李的忠实顾客之一，虽然他不买我家豆腐。我每天帮我妈干活，她每天会按我的工作量给我工钱，当作我的零花钱。非常忙的时候能有一块，平常都是五毛。老李的糖三毛钱一个，五毛钱两个。孙小兵因为家里是开小卖部的，家里人不允许他买老李的糖，所以他经常跟在我身后，他不吃糖，就看小人画。按他的说法，在他家，巧克力可以当饭吃（这句话还是有点夸张的，不过碍于他的面子，我没有指出），一点不稀罕，但是小人画他没有。这也让我产生了自豪感，毕竟经常吃他的零食，让我面子上说不过去。我跟老李说过，我只买包有"大唐双龙传"的糖，由于是老客户，老李总是给我留着。我和孙小兵都特别喜欢寇仲和徐子陵，而且特别期望我们俩像他们俩一样，捡到《长生诀》，练成绝世武功，那样就再也不怕张航海了。而且可以见面就欺负他，他背后那群小弟就会自然而然地站在我们两个背后。那时候，就真的是要风得风，要雨得雨了。练成了那样的绝世武功，说不定我们两个也会成为大将军，再努力一下，当上皇帝也不一定，虽然现在已经没了皇帝，但是武功高总归是有好处的，最起码没人再叫他小兵，而叫他大军了。

　　事与愿违，孙小兵拿着我的糖纸去学校时，被张航海看见了。张航海也在看《大唐双龙传》，但是他并没有集齐，他手里的小人画很杂，《隋唐演义》《覆雨翻云》《风云》等，哪样都不齐，这是老李有意的，杂着给。我的《大唐双龙传》是齐的，张航海毫不犹豫地差人抢了过去，顺带把孙小兵打了一顿。孙小兵是哭着来到教室的，嘴角还挂着灰尘，两行泪在满脸的灰尘中开出两条路。我问他怎么了，他说《大唐双龙传》没有了。我没胆子去找张航海要小人画，即便是要了，他也会说没有；即便他说他拿了，也不会还给我。他爸爸是学校的副校长，班主任也并不会真的批评他。于是我就找他打赌，就赌谁能爬上冷却塔。要是我赢了，他要把《大唐双龙传》还给我，而且还得让我和孙小兵一人骑着转一圈。要是我输了，我就帮他把所有的小人书买齐。

　　跟他打完赌当天回到家，我睡不着觉，躺在床上翻来覆去。我害怕，冷却塔太高了，简直和天一样高，我又不是鸟，怎么飞上去？我想了很久，只有老李能救我，我得学会轻功。老李不好说话，我就从她女儿入手，他最疼他女儿了。

　　老李的女儿李梦是我同班同学，自己一个人坐在教室最南角，挨着垃圾桶。老师曾经提议让她换个座位，但是她不愿意跟其他女生坐同桌，老师也只好作罢。下课之后，除了上厕所，她一般不会离开座位。我的数学很好，她的语文很好，可能也是因为这一点，她对我还算客气。我问她，你爸教你武功吗？她像看疯子一样看着我说，他不会。我说，他会，只是功夫这种东西传男不传女，你也不要伤心。我从你爸那里学来了再教你，这样你也算是我师妹了。她低头继续看书，再没搭理我。我碰了一鼻子灰，却也不气馁，反正放学了我可以找老李。孙小兵很想跟我一起学，我骗他说，老李说了，功夫只传给一个人，我学会了一定教给你。那样我就是寇仲，你是徐子陵，就算他张航海再厉害，也打不过我们两个。孙小兵听得热血沸腾。

　　我妈是我学轻功计划里最大的障碍。五点钟放学，从学校走到家十分钟，换上衣服开始准备豆腐，然后就是卖豆腐的高峰期。那辆要命的火车会把路拦住将近半个小时，被堵的车能从这头堵到邻村，但是这也没有办法，所有人都已经习惯了。老李也习惯了，他步伐轻盈，在停滞的车流中穿梭，不断敲开车窗，一张笑脸迎上去。我得给我妈帮忙，这样我才有零花钱，老李也得工作，这样他才能给李梦交学费。这些有零有整的时间总计一下，竟然超过了一个半小时，有时要是堵得严重了，豆腐店的生意可以一直火到七点，太阳基本告别了待了十几个小时的天空，把黑夜还给这个世界。天一黑，我妈是不会放我出门的。

　　老李家就在东边，与铁轨平行的马路对面的一个小平房。房子隔成两间，外边的几平方米是个小门面，还是卖糖。里面我没有进去过，只看见放学后，李梦背着那个与她身材完全不搭的巨大书包走进去。那是一个我特别向往的世界，里面一定摆着一个木桩，上面两条腿，下面两条腿；木桩旁不远的地方摆着一排兵器，刀枪剑戟、斧钺钩叉、镗棍槊棒、拐子流星，长的短的样样俱全；练力气的石锁一定也有两对……我实在想不出老李是怎么练轻功的。难道是把石锁绑在脚脖子上走路？我看过张航海的小人画，里面好像有这么一页。我心里喊了一声糟糕，要是张航海也按着这个练，我岂不是输定了！但是又一想，张航海那个水缸一样的身材，飞起来的话得多难看。要是他还顾忌一点自己的面子的话，他一定不会练轻功。

　　放学后，走至路口，孙小兵往西我往东，这时的车走得很快，估计都是为了躲那列要命的火车。我却期盼它赶紧来，然后我就能冲进车堆里去问老李，怎么才能练会轻功。放下书包，不用我妈喊，我自觉走进隔壁闷热的豆腐坊，开始向外一点点搬运。从模具里取出的豆腐软得像水，这是我家豆腐受欢迎的原因，虽然看起来像水一样晃动，但是韧性又很足。外人都管这种豆腐叫水豆腐，管那种极厚、水分少的豆腐叫老豆腐。我家豆腐，不管是水豆腐还是老豆腐都很畅销，跟整个火电厂只有我们一家豆腐店有关，也跟我家豆腐好有关。所以，我们母子两个外来人，过得也还可以。豆腐就位，车流也差不多就位了。汽笛声已经近了，最多一分钟，火车就会出现在视野里。路口那根黄黑相间的杆子已经放下，红红的灯在很远处就能看见。路边的小摊儿已经完全就位，就连我家豆腐店门口都已经摆满了桌子，是鱼汤店的。他们家是我家的大客户（我妈总是这么说），他们家鱼汤里的豆腐都是从我家买的。所以我妈并不介意他们家占我们的便宜，反倒是有人经常因为汤里的豆腐光顾我们豆腐店。

张航海总欺负我和孙小兵是有原因的，一是因为我们两个个子小，二是因为孙小兵家里是小卖部，我家是豆腐店。孙小兵在学校里一直是红人，这完全得益于他家的小卖部，他总是拿各种好吃的来学校，受欺负当然也是因为这个。而我完全是无妄之灾，张航海说，豆腐是软的，就该被捏。除此之外，我知道应该有另一个原因，就是我没有爸爸，没有一个可以站在我背后的男人，像张航海腆着肚子的副校长爸爸一样的男人。

按说李梦家离我家不远，我上学放学都应该遇见她，可是我一次都没有遇见过她，像是她在躲着我。但是我知道，她没有必要躲我，毕竟我们不熟，不怎么说话。可是我想跟着她回她家，进那个屋里看看，亲手摸一摸那些兵器和武术器械，趁老李不注意的时候，说不定还能顺出一两个暗器。大侠不能使用暗器，明人不做暗事，这是江湖规矩，可是难防江湖里有小人，就像张航海那样，打架从来不跟人一对一，总是带着他那一帮小弟，打完了挨个给他们买三毛钱一瓶的橘子汽水。遇见这种对手，说理是没用的，只有在功夫上见真章。他背后那群小喽啰，不过是聚集在烂肉上的苍蝇，肉没了，苍蝇也就没了。这话不是我说的，是李梦说的。这话一出口就知道她是个顶天立地的女侠，这让我更加肯定，老李一定是个不出世的高手。

　　距离爬冷却塔还有两个星期零三天，我依旧没有找到机会跟老李学轻功。一是因为老李很忙，在车流里来回走，我跟不上；二是我跑不了多远，我妈就叫我回来帮忙，这让我很苦恼。我看着面前高大的冷却塔，我觉得它可能也像我一样，在长个儿，不过它吃得肯定好，像张航海一样，顿顿有肉。不像我，顿顿都是豆腐，虽然长得白白嫩嫩的，但是瘦弱得像一根豆芽菜，顶着一个大脑袋。"大脑袋——聪明"我一直这么标榜自己，实际上我学习真的非常好，常常考第一名。要是哪次考了第二名，就一定是李梦偷偷努力了，我心里就在想，一定是老李不教她功夫的原因，她想考个女状元。视线再度回到冷却塔上，它真的好高好高，而且爱抽烟。我妈无数次告诉我，以后绝对不能抽烟，我问为什么，她说，没为什么，就是不能。通常情况下，我妈说的不能就一定是不能，不然就会挨大勺。我们家那只搅豆浆的大勺非常硬，我肯定，那是世上最硬的东西，我曾用它砸过核桃，像砸豆腐一样轻松。

即便是轻功，也飞不了那么高吧！我看着冷却塔说。

"你说啥？"我妈在豆腐坊里喊。

"没啥，我这就过去！"我跑进了豆腐坊，但是我心想，从上面下来应该特别轻松，而且帅！那时一定没有人再敢叫我豆芽菜了。我的脑子里不断重复那个画面，我风度翩翩地从天而降，我现在还没有想好我用什么姿势落地，到底是一只脚落地好看还是两只脚落地好看，抑或是用手落地然后再翻个跟头站起来？

我终于还是找到跟老李讨教的机会了。老李带着李梦到我们隔壁鱼汤店喝汤，据说是因为李梦生日。李梦脸很黑，完全不像我这么白，可能是考虑到一个女孩子不能这么黑吧，老李带她来喝鱼头豆腐汤，就坐在我家门口。我从摊上跑出去，坐在老李身边问他，老李，你说我怎么才能练成轻功。老李的眼睛长在了李梦身上，他说，往脚上绑个沙袋，平时都绑着，睡觉了再拿下来，过几天你就跑得快了。我一听摇摇头说，我不要跑得快，我要飞，是轻功，轻功啊！老李还没有说话，李梦先开口了，还没有学会跑就想飞，好高骛远。我正准备反驳，却只见老李点头如捣蒜，大声说，我闺女说得对！我彻底不能反驳了，按说我比李梦大，可是无奈人家是老李的亲闺女啊，万一老李不守规矩，偷偷教她了呢！

　　当天晚上，我找到一块布，拿剪子裁成两块，缝了两个布兜，然后到马路边装了两袋沙子。考虑到布兜要围在脚脖子上，我缝得狭长。弄好的时候，已经快十一点了，我妈知道我还没有睡，拿着勺子在她床边敲了两下。我的脑袋突然好像被打了一样，有种针刺的疼，我赶紧关了灯，躺下。我还是高兴，有点睡不着。明天过后，我可能就是武林高手了！我的脑子里又浮现了张航海在我胯下爬的样子，他那厚实的背坐上去一定软软的，我还要一边看着《大唐双龙传》，一边喊着"驾"。

　　夜里我做了一个梦，梦见张航海爬到一半不敢爬了，挂在冷却塔上哭着喊着叫爸爸。我一直往上爬，甚至摘到了一片云，站在最顶峰，我往下看，火车从很远的地方跑过来，下面的路上又开始堵了起来，很多人都在抬头看着我们。我飞了起来，然后稳稳落在地上，周围的人都在为我喝彩。我转身抬头，看着哭成猪头的张航海，高兴地拉着孙小兵一起跑到老李家，告诉李梦我的胜利。

　　第二天我很早就起来了，把昨天缝好的沙袋用绳子捆在脚脖子上，背着书包就要去学校。我妈看见我脚脖子上鼓囊囊的，问我那是什么，我说沙袋。她问我绑个那东西干啥，我说可以让我跑得更快。在这种小事上，我妈一般不管我。我觉得脚脖子确实很累，被沙子熬着，为了让沙袋重一点，我还往里面放了一把石子。如今我体会到难受了，石子一直磨我的脚脖子和脚背，孙小兵也注意到了我的变化，他一直问我这是不是秘籍，我说不是。张航海嘲笑了我一上午，因为我的沙袋又差又丑，甚至还漏沙。我很难过，总想把裤子往下拉一点，可是裤子不争气，拉不下去。我又不敢把它拿下来，要是我的轻功练不成，我就死定了。李梦很少主动跟我说话，但是她这次跟我说话了，你戴着这个沙袋真丑，你不该听他的。我说我必须学会轻功。她说，幼稚。我最讨厌那些老气横秋的人了。

下午回到家，我妈看见我表情不对，就问我是不是被打了。我说没有。确实没有，只不过沙袋里的石子已经把我的脚脖子和脚背磨烂了。原本米黄色的沙袋变得红红的，沾着一层黄黄的黏液，伤口上还有一层细细的沙。我妈发现了问题，让我赶紧把那东西摘下来，说着她还拿起了大勺。我害怕了，把沙袋摘了下来，一瞬间我感觉自己很轻，不过脚脖子和脚背都火辣辣疼。我心里还是高兴的，要是可以坚持两个星期，张航海一定会被我骑在胯下的，我一边看小人画，一边喊"驾"。

第二天，我把沙袋装在了书包里，我妈并不知道，检查了我的脚之后，她就进了豆腐坊择豆子，准备下午的豆腐。我走出去上学，确定我妈看不见我之后，我又把沙袋戴上。针锥般的疼从伤口里溢出，每走一步都疼，可是我还是忍住了，大英雄往往都要忍别人所不能忍。孙小兵很快就发现我不对劲了，他问我，你是不是练错了，走火入魔了？我想了想，可能是，下午去找老李问问。下课了，我想出去上厕所，可是该死的厕所在学校最西头，我们班在学校最东头，走过去还要越过操场。我平时觉得挺近的路，如今却走得异常艰难。我看见好多人从我面前跑过去，我想，等我摘了沙袋比你们跑得都快，我会跑着跑着飞起来。李梦已经从厕所回来了，她看着我吃力的样子，蹲下去就要给我摘沙袋，我大喊，别！她真的停了下来，她看着我说，听你妈的吧，别听我爸的。我心里骂道，这不孝女，忘了老李教你的为侠之道了吗？

　　放学后，张航海提醒我还有一周零四天，让我准备好钱买小人画。我有钱，我已经存了七块钱了，可是我的钱并不是给他的，是为了我赢了他之后庆祝的。我摘了沙袋，放进书包里，吹吹脚脖子和脚背，疼痛不断翻滚，像是有千万只蚂蚁在不断地撕咬着我的血肉。我没有感觉自己变轻，只是少了些疼。我刚走进屋，我妈就说，把你书包打开，我有点儿慌，但还是打开了。大勺敲到我脑袋上，我妈拿着沙袋扔到了马路上。我妈打我，我很少哭，可是这次我哭了，脑袋和脚脖子都疼，心也疼。

　　店前又开始堵了，我已经没有心思找老李了。摆好摊儿，我抹了抹眼泪，开始切豆腐。我又看见老李了，他还挎着篮子，走得还是那么快。他在车流里时隐时现，突然，他消失了，就像是突然陷进了泥潭。我盯着那里看了一会儿，他真的消失了。这时路上开始乱了起来，不知道是谁喊了一声：

"赶紧打电话！"

我妈也往那边看，绕过豆腐摊走出去，出去之前还命令我不要过来。我看着她往路上走，我趴下来，隐隐约约看见了我的沙袋，它烂了，石子散了一地。旁边是老李，他好像也烂了。我妈走出来，对我大喊，去你李叔家叫人。我跑得飞快，我知道有条小路可以钻入火电厂，绕过火车到路东边，不过也只有我这种小孩子才能钻过去。我终于有机会可以进入练功房了，可是不知道为什么，我的脑子里总闪着那个烂掉的沙袋。

我翻过小门店，推开那扇我期许已久的门，我看见了李梦，她正趴在桌子上写作业，旁边放着她那个巨大的书包。里面一件兵器也没有，也没有木桩，也没有石锁。乱七八糟的杂物堆在地上，破衣服塞在破柜子里，露出了一条裤腿，上面还破了一个洞。最里面的角落里是个厨房，墙已经被熏得黑魆魆的了。我看着李梦，李梦看着我，我的汗开始往下流，我意识到我的心在怦怦怦跳，越来越快，像是要飞出去。我这才想到，我跑得也不快，我没有飞起来。

"你干啥？"李梦问我。

"你爸被车撞了。"我不知道我怎么说出了这样的话，这应该不是我说的，可是我妈就是这么告诉我的。

"在哪儿？"李梦慌了。

"我家店门口儿。"

再次回到家之后，我家门口已经围满了人，但是他们都不买我家豆腐，都在看着路上。我妈把我关进屋里，还把李梦也关了进来。我又想起我妈扔沙袋的样子，又想起了那个烂掉的沙袋，顺着沙袋就是烂掉的老李。门外有人敲门，我透过门缝看见那是孙小兵。我对着外边喊，我开不了门，外边锁着呢！孙小兵说，我知道，我是来告诉你，老李死了。

李梦哭了起来。我从来没有看见过她哭。她本来就黑，屋子里也黑，我看不见她的脸。我摸黑去找灯，但是我感觉有人拉住了我，是李梦，她踩了我一脚，我的脚疼得要死。我也泛出眼泪，可是我没有出声。

爬冷却塔的日子到了，我们还没有出发就被老师叫住了。孙小兵把这件事情告诉了老师，老师把这件事情告诉了副校长，副校长又找到了我妈。此时我正站在办公室里，我旁边站着张航海。我妈又要打我，可是这次她没有大勺。老师拽住她说，不能总打孩子。可是副校长还是打了张航海，让张航海把小人画还给我。张航海说小人画在教室。老师蹲在我面前告诉我，冷却塔特别危险，不能爬。我点了点头。副校长谈起了李梦，不过那声音离我越来越远。我妈牵着我的手往家里走，我妈很少牵我的手。

"书明，你恨妈妈吗?"

"不恨啊!"

"妈妈总打你。"

"习惯了。"

我妈突然抱着我哭了起来，对我说对不起，我说没关系。我问她，我爸爸去哪儿了？张航海爱欺负我，就是因为我没爸。她没有回答，还在哭，哭得我心慌。我牵着她的手，开始往家里走。

张航海把小人画给了孙小兵，孙小兵给我捎了回来。他说，书明，你不要怪我，我害怕你出事。我说我不怪你，小人画你拿去看吧！孙小兵说，书明，这世界应该没人会轻功吧？我想了想，应该有人会，肯定有人会。

我脚脖子和脚背上的血痂都快掉完了，露出白白的皮肤，它们比旁边的皮肤白。这几天，我们家豆腐店都没有开门，我写完作业就上床睡觉了。我做了一个梦，梦见我还是和张航海比试爬冷却塔了，我爬得很快很轻松，张航海却挂在了半道上，他哭着喊着叫爸爸救我。路面上又堵起了车，几辆红红的房子车开始闪着警灯向这边跑过来。火车的汽笛声真响啊！车头上有盏大灯，很亮，它呜呜呜驶过来。冷却塔好像在晃，我赶紧往上爬，底下的人都在大喊"下来，下来"。我看见了我妈，看见了张航海的爸，看见了孙小兵，然后是李梦，李梦旁边站着老李……他们都喊着让我下来。我只管往上爬，我感觉我快要爬到顶了。

我想着，我会轻功的，你们都不要害怕。我看见下面撑起了一个大气球，很大，张航海已经跳了上去，把上面砸了一个坑。我快要到顶了，我这么想。

　　终于我爬了上去。上面风很大，路也很宽，大致可以过一辆小轿车。我摘了一片云，尝了尝，没有棉花糖好吃。我往边上走了走，张开双手，任由风把我托起。我开始下落，飞得很快，有人在我耳边轻语，我扭头看，是老李。老李说，张开手，闭上眼，迎着风。我照做，闭上眼睛，眼泪顺着风后退，滑过脸颊，打湿了枕头。

蝉 蜕

一

　　蝉鸣从很远的那棵树上传过来，依旧特别响。唐果就站在二层平台上往那边望，阳光炽热，他的脖子已经被晒得通红，可是他仍没有离开平台的意思，只是挪了一下位置，站在河对岸那棵大杨树的影子里。点点阳光戳在他脸上，他的半边脸还在肿着，医生说是牙齿里生了虫子，导致了发炎，阳光照上去，似乎火辣辣的痛感又重了一分，脸又肿了一点。紧挨着不远的地方就是那条铁轨，他的父母就在铁轨尽头的火电厂工作，要晚上才回来。他伸着脖子往那边望，瘦高的烟囱与胖乎乎的冷却塔各自吐着白烟，袅袅而上，与天上的云连接在一起，仿佛天上的云都来自火电厂。

　　河对岸种满了芦苇，瘦瘦高高的芦苇长得异常茂盛，郁郁葱葱，偶尔一阵热风吹过，传来哗啦啦的响声。里面没有蝉，唐果觉得蝉不会在芦苇荡里，蝉在大树上。他听摸过蝉蛹的陶传凯说过，每天晚上，天黑尽了，蝉蛹就会慢慢从土里钻出来，然后爬到树干上，用带着倒钩的腿固定在树干上蜕皮，变身。变完之后就是蝉，从褐色变成黑色，特别是眼睛，黑得发亮。陶传凯说得很详细，从他们怎么拿着手电筒乱逛，到最后摸一盆蝉蛹炸着吃，一步没落，细节也没有放过。比如抓到蝉蛹放进塑料瓶里，抓得多了，就往瓶里撒盐，一撒盐，蝉蛹就不会蜕壳了。陶传凯解释说，不是说伤口上撒盐很疼吗？蝉也知道的，背上开个大口，撒上盐，搁你，你也不蜕了。唐果听得很认真，还不时点头，听到疼字时，下意识摸了摸腮帮子，还真疼。最近村里很多人"肿大腮"（腮腺炎），他被关在二楼不让下来，也跟这个有关，他爸妈也怕他这是肿大腮，怕传染给其他孩子，也怕别人家长说。他听说学校的朱昊运得了肿大腮，两个腮帮子肿得比他的腮帮子还高，而且软，一戳就是个坑。

唐果家挨着灌溉河，据说河水是从北边很远的黄河流过来的，所以河里的水总是浑的。河很窄，大概就两米宽，桥就在他家门口。他站在二层平台上，往北边望，挨着数，第四栋楼就是学校。学校的院墙也挨着河，说是这样可以防止学生跳墙出去。其实拦不住，唐果还没有被关在二楼的时候总是跳墙出去，因为这样回家近，走几十米就行了。

要是从村里绕，得走好几百米。但是也只能夏天跳，夏天跳进河里没关系，爬出来，躺在二层平台上晾一晾就行；冬天不行，一不小心掉河里，绝对会冻死的。冬天的风不饶人，和夏天的太阳是一样的。

　　唐果的腮帮子越来越大了，牙齿也越来越疼了。爸妈回来之后，他张开嘴给爸爸看，爸爸说，走，去火电厂医院吧。爸爸找一个白色的棉口罩给他戴上，没一会儿他就满头大汗。他坐在自行车的横杠上，隔着口罩说，爸，我热。爸爸说，忍忍吧，要是肿大腮就恶心了，会传染。他说，我脸疼，朱昊运的脸不疼。爸爸说，忍忍吧，快到了。爸爸脚下动作明显快了起来，带起了一点点风。唐果把脑袋伸出来，让风往脸上吹，可是一吹脸就疼。那个红红的十字在夜里很惹眼，自行车停了下来，爸爸把自行车靠墙放好，领着他走了进去。一阵凉气伴着药水味进入了他的鼻腔，他咳嗽起来，每咳嗽一下，脸都疼得要死，三个喷嚏下去，他愣是哭了起来。穿着白色半截袖大褂的医生倒是没有惊慌，拿起手电筒让他张嘴。他的嘴哪里还张得开，只打开一个小口。医生透过微小的口子，看着里面红红的肿泡，不禁打了一个寒战。咋现在才来，医生问。爸爸说，以为是肿大腮，拿仙人掌给他敷上了。你这么能，你咋不去做医生，这是发炎，你看看孩儿嘴里都烂成啥了！医生有点儿生气。

　　唐果又听见蝉鸣了，九点多了吧，蝉怎么还在没命地叫。医生拿着一支小针管往他嘴里打着药水，他的眼睛瞟向外边那棵大杨树。灯光照到的地方，可以看见暗绿色的叶子，叶子很大，比他的脑袋都大。他在找那只鸣叫的蝉，他在哪儿？然后他感觉到了苦，再就是疼。吐了，吐了，赶紧吐了！医生催他。他歪过脑袋，把嘴里的苦水吐进旁边的垃圾桶。躺下，躺下，赶紧躺下！医生催他。他的眼睛又瞟向了外边的杨树，他确信那只蝉就在那片树叶后面，他死盯着那片树叶，盯了有好几秒，蝉鸣突然停了。吐了，吐了，赶紧吐了！医生催他。他歪过脑袋，把嘴里的苦水吐进旁边的垃圾桶，他瞥了一眼，苦水里夹着血丝，然后蝉又开始叫了。爸爸一直在旁边看着医生反复注水，然后让他吐。他觉得嘴里真的清凉了很多，像是刚刚吃完薄荷，呼吸一下就感觉有风吹进来，一直凉到肚脐眼儿。他坐了起来，盯着刚刚那片叶子看，过了几秒，声音果然又没有了，他很高兴，一是因为脸不那么疼了，二是那只蝉怕他。

回家的路上，唐果对爸爸说，爸，我想抓一只蝉蛹。爸爸扭过头问，要它干啥？没啥，就是想要一个。他说。车子停了下来，爸爸说，你在这儿等着，不要乱跑。大概过了几分钟，爸爸走了回来。手里躺着一个肢爪不断乱动的蝉蛹，黄黄的身子上还沾着泥土。他让蝉蛹躺在手心里，手弓着，给它留下施展的空间，它不断乱动，像是要找一个合适的姿势。到了家，他独自上了二楼，爸爸对着楼上喊，早点睡觉。他答应了一声。

　　唐果把蝉蛹放进透明的手表盒里，盖上了盖子。他拿着盒子走到床边，伸手抓住灯绳，一拉，灯灭了。在身旁摸出一个小手电，他照着蝉蛹，它不动了，或者说不像刚才那样不老实了。它弓着背，贴在腮帮子附近的小翅膀动了动。他在等着它变身，变成黑乎乎的蝉，然后张嘴叫。他听陶传凯说过，蝉叫的时候，摸它的胸口，会感觉震，叫得越响就越震，但是你一摸，它就不叫了。他看着它，但是趴着的姿势不好受，他试着用手托着腮帮子，但是他不敢碰，疼。他的眼皮有些不听话了，像是上眼皮上挂了一个秤砣，只要用力少了一分，秤砣就坠着它下来。他很想看蝉蛹变成蝉，可是不知不觉间，他睡着了。

　　他做了一个梦，梦见自己变成了一只蝉，趴在树上叫，扯着嗓子叫，拼了命地叫，对面二层平台上有个少年盯着他看，他有些心虚，少年的眼光始终盯着他。他感觉自己被锁定了，马上就要被抓住了，那少年的眼里似乎有一团火，隔着一条小河也会烧过来。他突然叫不出来了，像是突然哑了。他大喊一声醒了过来，他妈跑上楼问，果儿，你咋了？又疼了？他感觉腮帮子确实疼，他点点头。那现在再去医院看看？妈妈问爸爸。去哪儿看？人家医生说了，后天再过去洗一遍就行了，爸爸说。他看着蝉蛹，它正在变，它的后背弓着，上面有个一厘米左右的口子，一片小翅膀已经伸了出来，绿莹莹的。妈妈和爸爸还在为去不去医院而争吵，他本想张嘴阻止，却发现爸妈已经吵了起来。

话题也不再是带不带他去医院，像以往频繁的争吵一样，以离婚为争吵的终点。他想阻止他们，可是他真的像梦里一样，发不出声了。

他拿着盒子坐在自行车后座上。张嘴说说话，果儿，可别真的哑了啊！爸爸有点着急。叫你带他去医院你不去，孩子要是哑了，我跟你拼命！妈妈骑着自行车跟在后面。盒子里的蝉蛹像是感觉到震动了，它倒了下来，爪子还在乱动，时不时会挠盒子。他张嘴说了几个字，可是一点声没有，他自己知道说了什么，可是自己也没有听见声。那个红色的十字还在亮着，门却关了，他爸上去敲门，敲了大概四五分钟，里面有人走了出来。

"咋了，这么急。"

"孩子脸疼，而且不会说话了！"妈妈抢着说。

"赶紧进来。"

他被带进一个满是白色灯的房间，医生把他手里的盒子递给他爸，让他躺在床上。他眼睛还是瞟向那个盒子。外边已经没有蝉鸣了，只有不远处池塘里的青蛙还在叫。他妈把他爸拉了出去，他隐约听见他们在门外说些什么，还未及细听，一阵意外的蝉鸣出现了。他想张嘴问医生，你听见蝉叫了吗？可是一点声都没有。医生指示他张嘴，那种撕裂的疼又来了。他感觉腮帮子里进了一只蝉蛹，那只蝉蛹在他腮帮子里蜕壳。他想起了朱昊运，他是肿大腮，原本就胖的脸现在已如猪头，这一阵愉快突然减缓了他的疼痛。可是当他想到陶传凯说撒盐蝉蛹就不会蜕壳的时候，他就感觉腮帮子已经烂了，在流脓。事实上，他的腮帮子确实在流脓。医生拿着小针管，慢慢推着，里面的药水慢慢滴在脓口，他的嘴里不自觉流了很多口水，他歪头吐了一下，一滴水顺着腮帮子滑了下去。它像是一根烧红的铁丝，那种疼痛让他想喊出声，可是还差一股劲，他还是没能喊出来。

医生不知道唐果为什么会说不出话来，小医院里很多仪器都没有，医生建议他爸去大医院看看。唐果嘴里的炎症已经处理了，再消几次炎应该就会慢慢好了，不过病根还在牙上，他里面的大牙坏了，按说他已经快十岁了，不知道能不能再长新牙。

唐果睡着了，他梦见自己又变成了那只蝉蛹，他快死了，背上的口子里进了盐。他看见一张巨大的脸在盯着他看，还不时晃动着玻璃瓶，疼痛从腮帮子向后延伸，一直到背上，像是有人在背上划了一刀，但是没有血液流出去，就火辣辣地疼，疼得浑身冒汗，沾了汗，火焰又往上蹿了一下，啊！他叫了出来，可是天地间除了争吵声，再无其他声音。

二院的医生拿着手电对着他的嘴和耳朵看了看，又带着他进了一个亮堂堂的房子里，让他坐在洁白的躺椅上。医生戴着口罩和帽子，通过鬓角的发丝和她的眼睛以及身上好闻的香气，他确信这是一个女医生。他的脑袋被套上了一个圆筒一样的东西，那东西突然亮了起来，白色的温和的光打在他脸上，有种消毒液的味道。他的腮帮子又疼了。

　　唐果没有得肿大腮的消息和他成了哑巴的消息一起传到了小学。那个时候陶传凯在卖没有翅膀的蝉，他每卖出去一只，就会散布一次消息。等到唐果去上学的时候，基本上所有人都知道了他是一个小哑巴，除了肿大腮的朱昊运。唐果还像往常一样背着那个远比他后背要大的书包去上学，脖子上的红领巾因为长时间没洗而有点儿泛黑，显得瘦瘦的，和他一样。唯独那张脸不和谐，肿得可以放进去一只蝉蛹。老师让他自己坐一桌，离讲台很近。时常会有粉笔末子飞过来，以前他都鼓着腮帮子吹，现在却不能，脸上的肌肉像是被上了套，套上全是倒刺，跟以前村子里抓兔子的套子是一样的，越动越疼。阳光里，飞舞的粉笔末子围着他转，像是一群吸血的蚊子，他躲闪不及。

　　下课，陶传凯给了他一只没有翅膀的蝉，翅膀不是直接撅下来的，是沿着翅膀上的棱子剪下来的，直直的一刀。断掉的翅膀还会扑棱，显得异常笨拙。陶传凯说，你把它翻过来，照着这两个地方摸。他指着蝉腰部的两个翻壳。唐果摸了摸，蝉开始叫了，像是突然通了电，异常地响，甚至盖过了上课铃。陶传凯又摸了一下，它停了下来。黑得发亮的脊背和眼睛都很硬，它站在桌斗里，动了动，背后断掉的翅膀又开始扑棱起来。

　　唐果父母吵架越来越频繁，趁唐果不在时，还会动手，引来邻居劝架。邻居走了，就又开始。唐果回到家时，父母正在打架，母亲拿着烧红的火钳，父亲拿着带着黑印的扫帚。污言秽语在天空里飞，遮住了远处的蝉鸣。唐果独自上了二楼。塑料盒的蝉蛹早就死了，臭了。盒子被刷过了，上面还有几个印子。唐果站在平台上，母亲还在就他哑的事情骂街，父亲一点也不示弱。风吹过芦苇荡，叶子擦碰着叶子，沙沙沙响。一只蝉叫着飞了出去，落在了河对岸的大杨树上。它安静了，因为唐果正盯着那里看。母亲的声音越来越大，父亲的声音越来越小，然后是一阵乱响。紧接着世界突然安静了，就安静了一秒，下一秒，蝉鸣响彻整片天空。

　　整个院子被人围得水泄不通，父亲已经被带进了闪着红蓝灯的警车，一张白色单子盖着一个行走的担架，隐隐约约还闪着猩红色的光。唐果的脸因为肿胀，红扑扑的，被挤得很小的眼睛也顺着红了，那只蝉再没有因为他的直视而停下鸣叫，那烦人的声音整整持续了一个夏天。

　　河西岸的芦苇叶子渐渐黄了起来。挨着边儿的地方缺了一块儿，唐果知道那块缺失的芦苇的去向，它们成了灰，飞向天空的各个角落，和火电厂的冷却塔吐出的烟雾一样，化成了白白的云。芦苇扎成的纸人、纸马、纸房子被小孩子们簇拥着、举着，欢快地扔进火海。唐果突然意识到，原来母亲死掉了。想到这儿，他的腮帮子像是泄了气一样，迅速恢复。细细看，唐果原来是个清秀的孩子。

二

　　唐栗盯着窗外，远处的树迅速来到眼前，又迅速后退，重新回到远处。妈妈正低头看书，翻书时偶尔会整理一下额前的头发。车厢里的人不算多，但依旧叽叽喳喳的，好不热闹。唐栗半跪在座位上，脑袋贴着窗玻璃，远处的城市坐落在一个巨大的坑里，火车正在坑沿儿上飞驰。那些房子像一块块胡乱堆放的积木，杂乱无章。唐栗想到了家，堵街那个家，一个四层小楼的天台。爸爸喜欢坐在自家搭建的凉亭下面写小说，顺着凉亭看过去，是烟囱和冷却塔。红白两色的烟囱瘦高，有一次他看见烟囱中喷出了火焰，几乎透明的火焰，整个烟囱像是一支点燃的火柴炮，马上要炸开了。烟囱不远处是灰色低矮的冷却塔，其实冷却塔一点也不矮，有上百米高，跟他家南边的二十四层楼一样高，甚至比它还要高，只不过在瘦高的烟囱旁边，显得很矮。据爸爸说，以前堵街有七座冷却塔，由南到北一字排开，只不过那些冷却塔都被炸了。炸冷却塔的时候，地面会晃，玻璃会嗡嗡响，就像地震一样。堵街也是一个个积木搭出来的，高高低低，一直延伸到很远的地方，那条铁轨一直拼命往天边跑，一列火车从天边缓缓地来。

　　妈妈让唐栗坐好，坐有坐样，他站起来，掸了掸灰尘，

灰尘在阳光里飘浮，像是打开了一个通道，虫洞，爸爸曾
经给他讲过虫洞的事情。虫洞是一个神奇的洞，穿过虫洞
就可以进行时光旅行，到过去或者未来去。他努力回想，
如果回到过去，到哪一天会比较好，是他买零食中了一百
块那天，还是爸爸带他去爬电视塔那天？他想了很多很多
有趣的日子，转而他又想，过去已经过去了，不如去未来。
几个小时之后，他会到武汉，在武昌站下车，然后乘坐四
号线地铁赶到汉阳区的姥姥家。汉阳区很破，比西边的江
汉区差太多了。姥姥家的房子才七十平方米，他得跟舅舅
住在一起，可是舅舅不会陪他玩的，舅舅要结婚了，爸爸
说过，要结婚的男人比要结婚的女人更无聊。更久之后，
他会小学毕业，妈妈已经说了，要让他去市里的重点中学
读书，爸爸却认为到哪里都一样，农中最好，那是一个很
锻炼人的学校。不知道为什么，妈妈听见农中就生气，他
们两人吵起架来像蝉鸣一样响，有时甚至盖过了蝉鸣。

　　唐栗想象不出未来的样子，姥姥家房子对面的那棵树
上一定会有蝉。爸爸很喜欢蝉，每年都会带着他去摸蝉蛹。
爸爸脑门上戴着一个探灯，腰间挎着一个小口的竹篓，一
只手赶着蚊子，一只手牵着他，在堵街南边的密林里转悠。
蝉蛹是土黄色的，大小和蝉一样，却没有翅膀，爸爸说，
它们有翅膀，不过还小，贴在背上。第一次看见蝉蛹时，
他惊呆了，他对爸爸说，爸爸，它在脱衣服。爸爸说那不
是脱衣服，是蜕壳，蜕掉身上黄色的壳儿，变成黑色的蝉，

有一双绿莹莹的翅膀，翅膀很大，比它的身子都要大。爸爸总是把还在爬动的蝉小心翼翼放在腰间的竹篓里。林子里蚊子很多，循着灯光而来，唐栗被咬了很多口。林子里的蚊子有毒，被咬的地方马上就是一个铜钱大的包。每次他们都会抓一篓蝉蛹，但是两人也被咬得浑身是疙瘩，妈妈总会因此跟爸爸吵架，说要离开这鬼地方。生气时甚至会把辛苦抓来的蝉蛹倒掉。妈妈拒绝吃蝉蛹，也不让他吃，尽管他想尝试一下，妈妈说蝉蛹上都是细菌，吃下去肯定会生病，爸爸不以为然，总是说，我们不都是吃这东西长大的吗？

爸爸跟他说过，妈妈很久之前也在堵街住，那时候她还不叫肖梦，叫李梦，是个黑黑的、瘦瘦的小姑娘，背着一个大大的书包。他问过妈妈，妈妈总是说那是爸爸编的，然后训斥爸爸，不要跟孩子胡说。妈妈似乎非常讨厌堵街，怎么也不想待在堵街。

火车嘎啦嘎啦响，唐栗知道，这是在变轨。堵街的名字正是来源于东边那条铁路，火车总是会在下午五点半准时驶进火电厂，满载而来的煤为火电厂提供源源不断的能量。唐栗经常去看火车，黑魆魆的车厢有种让人深陷的魅力，延伸到天边的铁轨更是给人带来无限的遐想。他问过爸爸，爸爸说这条铁轨是专门为火电厂铺设的，很多年了，爸爸还专门嘱咐他，不要往铁轨上跑，一是脏，二是危险。爸爸说，火车上的人都是站在窗户前往外撒尿，所以铁路边很脏。唐栗站了起来，跟妈妈说要去厕所，妈妈给他撕了一截纸，说快去快回。火车晃悠悠的，他晃着走到厕所门口，发现里边有人，他站在水池边等，他有点想爸爸了。

厕所里走出了一个小姑娘，黑黑的，瘦瘦的，他走进厕所，正要关门时，小姑娘又进来了，吓了他一跳。

"你怎么又回来了，你是女生，不能跟我一起上厕所。"

"我护身符掉地上了，我来捡。"

他看见便池旁边有一个红色绳子穿着的小荷包，他捡起来递了出去。

"这是我爸留给我的，不能丢了。"

他关上门，他看着便池，上面有个小口，他冲了一下水，水直接下去了。除了抽水机的声音，他什么也没有听到，但是水去哪儿了？哦，漏了。他准备走出厕所，墙上有面镜子，他看了看，自己脖子上没有护身符，爸爸没有给他什么东西，如果很早之前那个蝉蜕算的话，那就另当别论了。那个蝉蜕被妈妈一屁股坐碎了。

回到座位上，妈妈问他饿不饿，他说不饿，就是有点儿想爸爸。妈妈有点儿不高兴了，想他干啥，整天不干正事儿，带着你瞎胡闹。他也想让我像他妈妈一样。唐栗又一次听到了爸爸的妈妈。

"是奶奶吧，我怎么没有见过？"

妈妈愣住了。

"还有爷爷，我好几个同学都是爷爷奶奶接他们上下学。"

"你不是有你姨奶奶吗？"

"可是要是别人问起来，我怎么回答？我爷爷奶奶呢？"

过道里来了一辆小推车，车上有饮料和零食。妈妈破天荒给他买了一袋零食和一瓶可乐。妈妈不允许他吃零食，除了牛奶他基本上没有喝过其他饮料。爸爸倒是偷偷带他喝过，但是回来就被妈妈骂。拧开可乐，气泡翻滚，他看着气泡一颗颗上升。妈妈正在看的书名字叫《雪国》，爸爸曾经跟他讲过一点，有个人坐在火车里看玻璃，像是看镜子。他没有什么感觉，玻璃就是玻璃，没法变成镜子。

火车驶进了隧道，玻璃变成了镜子。唐栗看着车窗里的自己，然后火车驶出了隧道，一座座山，连绵不断，山上住着人家，山下有水塘，水塘里卧着一头老水牛，水牛头上长着粗壮的角。妈妈依旧在看书，唐栗这时才想起，只有爸爸在写作的时候，妈妈才不会跟爸爸吵架，看爸爸的眼睛里才会有光。但是爸爸辞了工作之后，一切都变了。像是火车进了山洞，光芒内敛，留给世界的只有黑暗。

火车再次驶进隧道，唐栗除了看见自己，还看见了整个车厢里的人，有人在睡觉，有人在打牌，有人在聊天，有人在喝酒吃东西，有孩子在哭……只有妈妈在看书，他在看窗户。车厢里的灯在这时才显得很亮。外边夕阳西下，妈妈合上书，站起来，拿下书包，电话响了。

"是爸爸！"唐栗激动地说。

"把电话给我，我来接。"

爸爸妈妈隔着电话在吵架，最后妈妈说，你放心吧，我们再也不会回堵街了。

一道尖锐的声音响起，火车开始减速刹车了。以前爸爸跟他说过，火车刹车特别慢，要走很远之后才会慢慢停下，所以不要往铁轨那边跑。有一次他跟着爸爸去一个村子，爸爸对他说，以前爸爸就在那座老房子里住，我养死过很多只蝉，死掉的蝉身子里会长出绿色和黄色的毛，非常细，时间一长，黑色的蝉就变成了绿色的，只剩下一个空壳，像是它们当初蜕下的壳一样。他问爸爸，变成壳儿的蝉最后都怎么样了，爸爸想了想说，都飞了，然后又钻进土里，成为新的蝉。

妈妈已经把大大的行李箱拿了下来，车厢里传来提示音：亲爱的旅客朋友注意了，前方到站武昌站，火车停靠二十分钟，请提前整理好您的行李物品，准备下车。唐栗跟在妈妈后面，排着队，这时他听到了蝉鸣，声音充斥了整个车厢，他盯着远处那棵树看了几秒，声音停了，可是他知道，这样的声音一定会再次想起，因为老蝉死去了，还会有新蝉破土而出。

临下车的时候，唐栗又想起了从未见过的爷爷奶奶，他们应该也都飞了。

鸽子回巢

　　我姥爷快不行了，小姨最先给我打了电话。我那会儿在台球厅，有台案子正挂着彩头，我当见证。双方都是高手，美式八球，我想着打不了一会儿，就耽搁了几分钟。跑到医院时，小姨正蹲在墙边哭，任谁拉都不起来。我问她情况咋样，她反手给我一巴掌，问我为啥这么慢。我说，路上堵。她拖着哭腔说，进去，你姥爷有话跟你说。我不太愿意进病房，因为这地儿克我。早些年，我爸就是在这家医院走的，现在轮到我姥爷了。

　　推开门，一股消毒水的味道。姥爷在窗边坐着，身边竖着一排架子，身上伸出无数管子。他喜欢坐着，很久之前就喜欢，坐在窗边看外边。早先喂过不少鸽子，就喜欢看鸽子在天上飞，鸽哨悠扬。他总说鸽子通人性，不会走丢，我知道，这是在说我妈。我走上前去，他已经瘦成骨头架了，像只马上要饿死的老鼠。他努力扭过头来看我，扭到一半，扭不动了。我帮他把轮椅转了转，尽量避开管子。他盯着我说，老大回来了？我说，姥爷，是我，你外孙，我妈没回来。他似乎知道答案，哦，知道。他歇了一下，你爸咋样了？我说，姥爷，我爸都走了快十五年了。他说，去哪儿了，找你妈了？我说，没，死了。他安静了一会儿。

小姨扒着窗户往里面望，给我打手势，我没看懂。这时候，外边飞过一群鸽子，动静不小，我顺着窗户看下去，我小姨父放的。姥爷看见鸽子，精神了一点儿，指着外边说，鸽子回来了。我老听岔，我妈小名叫鸽子。我说，是，鸽子懂事儿，知道路。他说，你台球厅最近咋样了？我愣了一下，还行，人挺多。他说，那挺好。我没时间了。我说，姥爷，你的病能治。他咳嗽了几下，身体在椅子里乱晃，感觉他的身子马上就会零散。我上前帮他顺顺气。他说，病能治，老没法儿医。咱不废话了，跟你说完这事儿，我就差不多了。姥爷示意我坐在窗边，他呼吸越来越重，呼噜呼噜响。我说，姥爷，不要勉强，慢慢说。他没动静，呼吸慢慢平稳。

你妈走之前，在银行存了一笔钱，留给你结婚用。这笔钱就我们两个知道，谁也没告诉。如今我不行了，我得告诉你。存折在我抽屉的壁上贴着，密码是你生日。一口气把这些话说完，他又开始喘，他轻摆头，让我去拿存折。我只得打开病房那张小桌的抽屉，摸了摸，真有个小本，拿出来，是张市图书馆的借阅证，上面写着我妈的名字：

林鸽。我向他展示一下，微笑，他点点头。关于我妈给我留钱这事儿，我一个标点符号都不相信，这张借阅证，不知姥爷怎么带到医院的。他早就糊涂了，一会儿清醒，一会儿糊涂，我习惯了。前一段时间，他还没有转到二院，他总是跟我说，回家不要忘了喂马，四匹雪白的马。我问过小姨，小姨说家里有马的时候，她刚记事儿，都是几十年前的事情了。

他不说话了，我帮他把毯子往上盖盖。窗外的鸽子又飞回来了，他又有了一点儿精神，他想抬手，无奈上面都是管子和仪器。

"鸽子回来了，鸽子回来了。"话音落了，姥爷就咽气了。我在他耳边轻唤，姥爷，姥爷，姥爷……

姥爷的葬礼安排在七天之后，舅舅和小姨商量了一下，回堵街老家办。

我爸走之后，我就跟姥爷住，衡计厂家属院五栋三单元六楼。三室两厅，我住过去的时候，舅舅还没买房，小姨没出嫁，姥爷在大客厅装了一个月亮门，硬改出来一个房间，我就住在月亮门里。我在农中上学的时候，没少惹事儿，处分背了好几个，为了能让我去重点中学读书，姥爷托人给我改了名字和学籍，我借此改头换面，成了一个好学生，如果不是在大学里闹事儿，伤了人，这时候，我应该刚好研究生毕业，找一份不错的工作。姥爷说过，有些事情是刻在骨子里的，不能改变。

我爸年轻时就爱打架，据说跟他相熟的人，没有一个他没打过。我爸在住院之前，家里逢年过节就会来一大帮子人，有的也带着小孩儿。我喜欢这样的日子，因为我能拿到不少红包。那些叔伯总会在酒后给我讲我爸的故事，我爸就红着脸听着，讲到精彩的地方，他还会大笑。我爸也在农中上的学，从小跟着工厂里的师父学武，打架没轻没重。有一回上课，他同桌上课嘴不停，让我爸心里很烦，我爸生气了，挥手在那人背上拍了一掌，那人当即大叫一声，哭出声来。后来，老师让他脱了衣服，背上一个黑紫的手印。这故事太夸张，我不太相信。讲故事的叔叔拿出手机，翻出一张老照片，泛黄失真的照片中依稀看见一个手印，那叔叔说，当年你爸拍的就是我。我爸依旧红着脸，摆摆手，那时候下手没轻重。

在去衡计厂之前，姥爷在堵街住，和我家老院就隔一条街。姥爷走之后，小姨让我去买鞋。老大买鞋，儿子穿衣，你妈是老大，她不在，你顶上。这路子我熟，之前我爸的寿衣就是我买的，也是我给穿上的。他很瘦，差不多皮包骨头了。因为化疗，整个脑袋上异常干净，连根眉毛都没有。那时候，屋里就我们两个，我想着得跟他说说话。我爸病之前很少主动跟我说话，他能动手就不说话，病倒之后，特别是我妈跑了之后，他老跟我说话。像是要把之前十几年没说的话一口气说光。我那段时间也懂事，没事不打架，放了学就去医院陪他说话。但最后他还是走了，没被病折磨死，自己用尽最后一丝力气，薅了氧气管。他之前跟我说过，他一死，厂子里能赔小一万块，我带着这一万块去姥爷那边，不下贱。

堵街没有寿衣店，得去市里买。路上老黑给我打了个电话，问我姥爷情况咋样。我说走了。他问，没遭罪吧？我说，没，想说的话说完了。他说，那就成。你先忙，忙完这事儿，再说我的事儿。我还没接腔，他就挂了电话。今天下午，老黑到台球厅找我，那时候台球厅里来个找碴儿的，非得和我较量较量。我还没回话，老黑搭腔，敢挂彩头不？那人愣了一下，回话，咋不敢。老黑说，不玩小的，八球，一个球一百，犯规一百，定球定仓。我本想拦着他，但想到他没案子高的时候就开始打球了，也就没说啥。倒是那人愣了一下，然后答应，还特意让我当裁判，当时店里人不少，都围过来看。

自从我开台球厅，挂彩头的不少，但多是小打小闹，一块五块的，我随着他们。稍微再大一点儿的，我就建议小一点，大家都是图个开心。数额大了，这算赌博，弄不好我店都得黄。老黑的爸就是因为赌球进去的，据说那次是有人设局，钱刚放上桌，警察就来了。他那次玩得大，一个球一千。我长了个心眼，叫伙计到门口看着，有动静这边就撤。我让人帮忙抬出一张新案子，球也新的，擦得锃亮，戴上手套摆好球，猜边。那人开球，是个左撇子。一杆子过去，球炸开，四处翻滚，没球进仓。老黑猛抽一口烟，把烟屁股摁在烟灰缸里，提起杆子，一口气叫了五个仓，眼看第六球没把握了，把白球定到自己的球后边，死盯着，制造对方犯规。这球停得绝，周围懂行的都叫好。就在这时候，我小姨的电话来了，她说，赶紧过来，你姥爷要没了，他有话跟你说。我说，行，这就过去。随即挂了电话。老黑看我忧心忡忡的，问我，有事儿？我说，没，放心打。

那人犯规之后，老黑失误了一杆，犯规了。那人趁机连叫了三个仓，第四球跑错仓了，算犯规，我把球掏出来，摆好，那人脸上一点情绪没有。老黑乘胜追击，轻松打入八号球。那人从钱包里掏出一千块，扔在桌上，从我身边走过时，他说，下次来，就不能让别人替了。我看了他一眼说，现在我有急事儿，下次来，陪你玩玩。我跟老黑说了两句话，吩咐店员看店，开车往二院跑。

一连跑了五家寿衣店，都关门了，寿衣店晚上不营业。这规矩好懂。我开着车往殡仪馆那边跑，碰碰运气，看看有没有贪财的店。车到百塔，寿衣店林立，果然给我找到一家。整条街，就这家店灯火通明，从里面传来叮叮当当的声音。我敲门走进去，戴着花镜的石匠正对着一个石盒敲打、刻划。见我进屋，他说，晚上不营业，我这是特殊情况，赶工，人家殡仪馆那边急用。殡仪馆也加班？我问。他手里活儿不停，可不嘛，下午送来的，年轻小伙子，说是街边打架，让人捅死了。我递过去一根烟，说，我买双鞋，家里也急用。他接下烟问，家里老人？我说，是，我姥爷。他问，遭罪不？我说，还行，最后的话说了。他说，是还行，瞑目了。他摘了花镜，点着烟，对我说，抽完烟找，屋里不能抽烟。

我跟着他到路边，夜风挺凉，吹得我哆嗦。他问，多少码？我说，四十三，不过得病了，脚宽，估计得拿四十五的。他猛嘬两口，烟很快燃尽，一口浓烟吐出，烟蒂扔地上，踩一脚，进屋去了。过了一会儿，他拿着一双鞋出来，这双是好的，五十。我问，有没有更好的？他说，有这心，不应该放在现在，五十就够了。我掏出钱给他，说了句谢谢，开车离开。路上想想，这事儿应该我妈来干，可是她跑了。

初二那年，我的人生发生巨变，我爸得病，是这一切的起点。或许起点在更早之前，我不知道。我爸是火电厂的职工，他从二十岁出头儿就开始在火电厂干，什么活都干过，算是半个电工。我家周边谁家线路出了毛病，都找我爸修，开始我爸不收钱，后来收点，加上工资，我家生活水平一直不差，家庭也算和睦。我妈没工作，她的日常就是和其他家庭妇女聊天、打麻将。我妈非常迷麻将，我从小跟她混迹于各个麻将摊儿，都挂彩头，这么些年，从五毛涨到了五块。我妈精明，适合打麻将，她能记牌，像是心里有个记牌器，什么出了，什么没出，心里门儿清。

虽然我爸对我妈痴迷麻将颇为不满，但也从未升级到家庭矛盾，随着她去。我爸忙着挣钱养家，我妈忙着吃碰杠和牌，我忙着打架。

我没有跟着我爸学武，也没有跟着我爸的朋友学武，但是我天生一副好体格，适合打架。农中历史上出过不少著名的斗殴事件，最早的来自我爸那一代，最狠的来自我们那一次，我是其中一分子。那是一次高年级争夺头儿的斗殴，像是陈浩南与司徒浩南争夺铜锣湾老大，但没那么雅观，不存在一对一，群殴。头儿的正义只有一条，赢的站着，输的躺下。我在其中饰演的角色是打手，卸掉对面老大胳膊的打手。最终得到头儿位置的人不是我，但是我成了农中下一任头儿。我初二时，出去上个厕所都会有一群人跟在我身后，有人跟我勾肩搭背，但绝对没人走在我前面。那段时间，为了建立威信，我打过很多无辜的人。

我爸在查出白血病之前没空教育我，病一来，他突然多了很多空闲，于是他开始教育我。我爸忙着教育我那一阵儿，我妈没空打麻将了，为了消遣时光，她找到了其他活动——跳舞，然后陷了进去。我妈说，她前三十多年是白活了，打麻将浪费了她的青春，她应该是舞星。带着她跳舞的，是农中新来的体育老师，在他们跑之前，住我家对门。要不说我和我爸是亲爷儿俩，我俩都喜静，别人噪，我们就想打人，我妈了解我们爷儿俩，躲着我们在电厂东边的广场跳舞。她还让我看过，我听不了那音乐，一群人扯着嗓子吼，鼓手像是和鼓有仇，死命敲。密集的声音一过来，我就忍不住想打人。

我爸的病越来越重，我妈来的次数越来越少，直到有一天，她真的如她的名字一样，飞走了。我爸说，鸽子是得飞进树林的，你妈没错。与我妈一起消失的，还有体育老师。一时间，堵街里流言四起，我妈跟着外地汉子跑了，臭不要脸。在没接受我爸教育之前，这些人如果敢说这话，我保证卸了他们胳膊，我很擅长干这事儿。

我在改邪归正之前，认识了老黑。老黑大名叫什么，我忘了，或者就没记住过，他面相黑，下手黑，我们都叫他老黑。我出名是卸了别人老大的胳膊，老黑出名是卸了我的胳膊。被我卸掉胳膊的老大，是他亲哥，他说，这叫报仇。在胳膊脱臼的那一个月里，我找人打了他一次，他说，只要不玩阴的，随时可以再来。我觉得这人行，直。我问他愿不愿意跟我，他说可以。老黑家开台球厅，经常带着我去，认识了不少附近有名的混子，我这才知道，老黑才是根正苗红的混子。改邪归正那天，我去他家台球厅找他，打了一局球，我赢了。我说，我得好好学习了，不学习，以后没出息，我爸说的。他问，你决定了？我说，决定了。他问，能行不？我说，试试呗，都是两条胳膊上架一脑袋。他说，行，知道学习行。

不打架之后，时间果然空出许多，除了看我爸，我都在补之前落下的知识。我改邪归正这事儿，被老师们当成典型，反复教育之前跟着我的那批人。有次还非得让我国旗下讲话，谈谈改邪归正的感受。我觉得这是老师们在报复我，但是好学生应该听老师的。那天天气不错，十点钟，学生们没跑操，升完国旗，我走上台，坐下，拿出准备好的稿子念。当天，有几个三年级的把我堵在厕所，问我是不是真的改邪归正了。我说，是。他们几个之前我打过，也是堵在厕所打，原因说不清楚了，反正是打了。他们想打我一顿，我说，我不打架了，不代表老黑不听我的。我知道这群人胆子小，不敢真打我。但是一连一个星期，回回上厕所都有人堵我，弄得我差点儿没忍住。

终究有人对我动手了。

放学后，我照常往医院走，拎着路上买的粥。鸽哨响起，抬头看见一群鸽子，在天空打旋，一圈比一圈高，直至没了声响。我还没迈开步子，一个人当面给我来了一砖头，把我拍蒙了。回头找人时，人已不见。见红了，血流了一脸，脑门发烫。到医院，缝了七针，竖着。我爸问我咋回事儿，我说，不是我找的碴儿。我爸说，这是因果循环。我问他，你现在这病咋说？他看我一眼说，架打得多了，积怨太深，就算没病，也有人上门寻仇。我爸让我坐在一边，问我最近去看姥爷没。我说我妈都跑了，找他干啥。我爸说，儿子，不能这么想。你现在不去照顾他，我没了，谁照顾你？

顶着七针回学校，老师上课拿我开玩笑，说我让人开了天眼。那段时间，是个人都叫我天眼，我也一直忍着，没发火。但是有件事过不去，拍我的人，我得找出来，要不然以后谁都能拍我。我去台球厅找了老黑。老黑问我，不是不打架了吗？我说，看见这个天眼没？不收拾他，杂毛儿都能爬我脸上拉屎。老黑问，咋办？我说，卸了他的胳膊，是个左撇子。老黑给我让了一根烟，说，没问题。

这事儿过去没两天，我爸把氧气管拔了，人没了。我第一时间想到了我妈，我想她应该会回来帮我，直至我爸被火化，躺进小盒子里，她也没回来。我姥爷可怜我，把我带走了。之后，改名、转学，农中的一切于我，如远去的鸽哨。

按规矩，儿孙得给长辈守灵三天，保着长明灯不灭。我跟舅舅、小姨均摊，一人守一晚上，我妈是老大，第一晚由我来。姥爷的棺材被放置在堂屋，屋门大开，棺材前放着一盏油灯，棉芯，浸着油。三九刚过，寒气未退，夜风不小，想要灯不灭，得守在灯前。灯前有个火盆，里面正烧着纸钱，昏黄的火焰传出阵阵暖风，将将够抵挡住寒意，我从里屋拎出几捆纸钱，时不时往里面扔几片。起初我还跪着，没跪多久，腿麻了，盘腿坐下，好多了。

我刚到姥爷家住那会儿，姥爷养了不少鸽子，鸽笼在天台。他那阵刚刚退休，没事儿可干，所以对鸽子们极为上心。起大早，爬上天台喂鸽子，然后开笼让他们出去飞一圈，飞回来之后，再喂一顿。家属院里不少老头都说鸽子让他惯坏了，没这么养鸽子的，他都当耳旁风。我想着姥爷是想我妈了，小姨都说，按说儿子更讨喜，不知道为啥，你姥爷就喜欢你妈。我实在想不出我妈的好，除了打麻将和跳舞，其他都不行。做饭难吃；嘴碎，爱翻是非；遇事只会着急跺脚……可能她有优点，我没机会了解。这么养鸽子，养了几年，鸽子全死了，从那时候开始，姥爷身上的小毛病就没断过。

天冷，我虽然披着军大衣，还是感觉身体里被灌了风。小姨给我抱来一床被子，让我裹着。我叠了一下，一半坐着，一半裹着。小姨问，我下午打你一巴掌，你不记恨我吧？我说，该打。小姨问，你想你妈不？我说，说实话，都快忘了她长啥样了。小姨说，你妈心野，堵街那地方困不住她。我问，小姨，你想飞出去不？我爸说，林家人都想飞。小姨瞪我一眼，你现在姓林。

我之前叫周于飞，名字是我姥爷取的，希望我爸妈白头到老。估计那个时候我姥爷已经看出来了，我妈待不住，所以希望我能拴住她。我爸走之后，姥爷给我改名，叫林斐。很长一段时间里，我都没能适应自己的新名字，总在作业本上写周于飞。到了大学之后，这习惯才算改过来。有次，班上有个人看到了我的曾用名，叫我周于飞，我把他打了一顿，我很多年没打架了，所以那次，打他打得特别狠，板凳都打烂了。

　　小姨又说了几句关于我妈的事情，我太冷，没有仔细听。迷迷糊糊守到四点，堂前突然刮了一阵大风，长明灯被吹得晃悠起来，我站起来用被子挡着风。一低头，看见我姥爷了，他躺在棺材里面，脸上贴着张姜黄纸，外边风那么大，姜黄纸却一动不动。我想起他叫鸽子时的样子，嘴里咕咕咕叫着，鸽子们哗啦啦一群围上来。姥爷从没跟我说过我妈的事情，除了他临终前。

　　我把那张借阅证拿出来，翻开，上面有一张我妈年轻时的照片。看样子，那个时候她才十八九岁，扎着两条辫子，笑得很开心。我记忆里从没见过她读书，大多数时间都在打麻将，有时打麻将上瘾了，什么都不顾，饭也不吃，水也不喝，别人要走了，她也拦着，非得把钱赢回来。她给我起了个小名，叫杠头，希望我跟着她，她就能杠。爱上跳舞之后，她就以给我学习为名，买了一个随身听。我那个时候只想着打架，随身听都是她拿着。有次她给我听歌，呜啦呜啦的，没一句能听懂，那时候我还不知道唐朝乐队，不知道她放的那首歌叫《梦回唐朝》。

　　"今宵杯中映着明月，物华天宝人杰地灵……"我跟着手机哼唱，我记不住歌词，只能跟着哼，但是"沿着掌纹烙着宿命"这句听懂了。我被问了无数次，你恨你妈不？我没法回答，不恨吧，太假；恨吧，又不知道从哪儿开始，因为我跟她真的不亲。小时候，开家长会，她都因为打麻将不去。我考班里第一，她也没啥表示，依旧带我去麻将摊儿，叫我杠头。我开始打架，把对方打哭，他告老师，老师让我请家长，基本都是我爸来。我爸希望我能打，他老说，儿子，能打是好事儿，不吃亏，就是别挑事儿，挑事儿挨了打，没处说理。

差不多五点半，我舅舅过来替我，让我到后院睡一会儿。我很瞌睡，走路有点飘，电话响了，音乐晕开，清醒一点，是老黑。老黑说，飞哥，这几天有事儿，就不过去给你帮忙了。我说，没事儿，忙你的。他说，好。接着挂了电话。我瞌睡，没细想。大概十点钟，小姨把我叫起来，说警察找我，问我是不是惹事儿了。我说，我能惹啥事儿。话刚说完，我想起来了，老黑没事儿从来不会找我。

我穿着一身孝服，给两个警察让烟，他们没接，问我认识谷磊吗。我说这名字不熟。其中一个警察说，别人都叫他老黑。我说，认识，朋友，他咋了？警察说，杀人了。我说，杀人？他没那胆子。警察说，这没跑，有监控。我说，咋回事儿？警察说，细节你不用知道，老黑是不是联系过你。我说，是，今早还打电话呢，但是我瞌睡，他没说两句就挂了。不是，警察同志，你们是不是搞错了？

老黑捅人了，按时间算，就在他去台球厅找我的前一个小时。警察说，本来老黑没想杀人，就撅了那人的左胳膊，结果那人反手抄了一个酒瓶，给了老黑一下，老黑就捅了他。人本来没死，老黑跑了，抢救不及时，人死了。

我台球厅开业的时候，老黑给我送来几个盆栽，门前、桌子上的都有。他先开了一个会员，一下充了一千块。按规矩，得送他一根杆，他不要，他自己带杆来打。他家之前就是干这个的，如果现在还开着，我们就是冤家。在我改邪归正之前，经常跟老黑学打球，那时候不行，架杆都不会，总是滑杆。后来转学了，都在学习，没碰过球杆，直到上了大学，才又开始玩。打了几年，技术还行。跟老黑打过几次，看得出来，他没让我，赢多输少。

开业那天，老黑专门跟我提过一句，你之前让我打的那小子，我没找见。我说，这么些年了，啥仇啥恨都没了。老黑说，是，你的恨没了，可是我的唾沫吐出去了，一口唾沫一根钉，说话得算话，一条左胳膊，只要让我找到他，他跑不了。

我把我知道的情况都告诉了警察，希望能有点用。送走警察，我又开始接待一批批来吊唁的人，不断地在灵堂里磕头。按照我们这儿的规矩，我得在这儿磕六天，直到第七天下葬。我一直担心一件事儿，担心我妈会回来，爹死了，女儿回来无可厚非。但是她回来，我不知道该去哪儿。院后面那条街，就是我在堵街的老家，很多年前已经卖给了邻居。我偷偷跑回去看过，房子已经拆了重新盖了，四层半的小洋楼，记忆里的家已经完全没有了。

老黑换了新号给我打电话。我说，有这事你该一早就说。老黑说，你姥爷老了，不能耽误你，但我真没啥信得过的人了。我说，你想咋办？他说，我想跑。我说，老黑，现在不比以前，你跑不掉的。他说，是，可是人死了，我起码二十年。我说，你需要多少钱？我这儿目前就五六万，等我两天，我把台球厅兑出去，还能凑十万。他说，飞哥，你知道我以前为啥跟你不？因为你不会看不起人，但你现在是看不起我。我说，老黑，我现在不想劝你，但自首是你最好的选择，律师我来请，起码能少判几年。沉默了几秒之后，他说，飞哥，我一会儿再打给你。

老黑大致说了事情的经过。老黑那天中午在饭馆儿吃饭，邻桌的男人正在向他身边的女人吹嘘当年的事迹，他说他用砖头把学校的头儿给拍了，拍出一个天眼。男人还拿右手在脑门上比画了一下。老黑上去问他，是不是农中的，男人说是。老黑便没再说话，直接上手撅了他的左胳膊。那人叫着摔了老黑一酒瓶子，老黑从兜里掏出匕首，捅了他，就一刀，肚子上。

小姨说，你妈给我打电话了。我脑子昏昏沉沉的，没听清。问，你说啥？小姨音量提高了点，你妈给我打了个电话。我问，她咋有你电话？你们有联系？小姨说，不知道，陌生号码。我问，她不会来吧？小姨说，她回不来，跳舞把腿跳坏了。我说，那挺好，因果报应。小姨想给我一巴掌，没出手。小姨转身要走，我问，她还说啥没？小姨说，她挺想你的。我说，这话就算了。小姨说，她想跟你当面道个歉。我说，别跟我道歉，跟我爸说去，我脾气不好。小姨见没啥好说的，转身离开。

第四晚，姥爷的棺材被盖上，盖之前，所有亲属要看他最后一眼，净面。我站在最前头，手里拿着一个棉球，这时候我很怕我妈从某个角落窜出来，夺过我手中的棉球。直到知客叫了我三声，我才确定我妈没来，走进堂屋，燃尽的黄纸随着热气飞扬，迷了我的眼。恍惚之间，我觉得有人站在我前面给姥爷净面。仔细看，没人，我匆匆在姥爷脸上划一下，就走了，没哭，也没说话，像是失了魂。我走出堂屋，仔细看净面的亲戚，直到最后一个出来。里面没我妈。

老黑没再打电话过来，我抽时间去了派出所，那边也没他的消息。我在犹豫，要不要把电话号码给警察。在门口溜了几分钟，小姨打电话让我回家吃饭。席间，舅舅说，堵街这边就要拆迁了，拆迁款三家分了，堵街分的房就卖了。小姨没意见，舅舅问我，我说卖就卖了呗。卖了，咱们的根就彻底断了，没羁绊，天高任鸟飞。吃完饭，小姨说有东西给我，我看了看，是个随身听，我妈当年买的。我说，这玩意儿还能使？小姨说，不知道，那边还有一箱磁带，你可以试试。打开箱子，就像打开了记忆，我妈那时跳舞的时候，放的歌都在这些磁带里。那种焦躁的音乐叫摇滚，摇滚的精神是反叛，这意思我懂。

可惜了，都坏了。

我抱着一箱子磁带，随身听就放在上面，这一堆老古董，我并不知道如何处置，就暂时放到了里屋的老桌子上。这张桌子很多年了，我小学的时候还趴在上面写过作业，姥爷说这是我妈小时候写作业的桌子，这么算起来，这桌子四五十年了。老家具就是耐用。小时候，拼命学习，总想成为别人家的孩子，得到爸妈的夸奖，可是他们一个赚钱，一个打麻将，都没工夫理我。倒是我姥爷，时不时夸我两句，也没起什么作用。

姥爷的葬礼进行得很快，与漫长的守灵相比，太快了。送盘缠，点社火，然后下葬。姥爷在还没糊涂的时候，经常跟小姨说，以后我要是没了，千万不能火葬，不要那丧葬补贴也不能火葬。我在月亮门里听得很真切，因为我爸是火葬的。我爸说我得带着钱，有钱到哪儿都不下贱。我记得去给我爸销户的时候，姥爷领着我，姥爷让我拿着死亡证明进去，警察办得很快，一个个红章盖下去，证明我爸真的没了，世上没他这号人了。仇不隔代，谁要跟他还有仇，就得到下面去找他了。

葬礼结束，舅舅说，把家里的东西分一分。老院这边已经没啥东西了，我说我就要那个桌子跟那箱磁带就成，要是还有什么关于我妈的东西，给我也成。东西分装好，我请人帮忙拉回城里。

最近几天，我常常给老黑那个号码打电话，无人接听。他说他会联系我，这都五六天了，他也没消息。去派出所问了，那边也找不见。就当我以为他人间蒸发的时候，他给我打电话了。

"飞哥，我听你的，自首。"

"好，你等我，我跟你去，叫着律师。"

"飞哥，谢谢你。"

"老黑，是我害的你。你帮我报仇，我谢谢你。"

老黑一直在堵街躲着，我把他送进派出所，就像把自己送进去一样。我带着几万块钱去了那个被捅死的人家里，任他们打骂，我说是我兄弟犯了错，这事儿我们认。那人的母亲年纪不小了，满头白发，白发人送黑发人的滋味不好受。她哭着说她可怜的儿，死得不明不白。我顺着她的视线望过去，看见一张黑白相片，那人我一点都不熟悉，应该是重点班的。那些年，我到底得罪了多少人？把钱放下，我带着一身伤回去了。

我想起那些磁带，把它们一盘盘拿出，摆在桌子上。很多彩页都已经没了颜色。这都是我妈的东西，我挺想了解她的。万一之后的某一天，我在街上遇见她，可能有话可说，不问她这些年去哪儿了，就问她那些年做了什么。桌腿不一般齐，老晃，我蹲下来找个纸垫桌腿。抬头瞥见桌底有东西，伸手抠了一下，掉下来一个小本。是存折。

我给小姨打电话，让她把我妈的电话给我。是个座机号，打过去，我说找林鸽，对面说不认识。我问小姨知道当年我妈为啥走不。她说，说不清楚，你妈就是想去外边的世界看看。我说，我妈真的给我留了一笔钱，两万多。

小姨说，她真傻，不早说，那时候的两万块可比现在能买的东西多。我说，是，没多少利息。我就是不明白，她成天打麻将、跳舞，从哪儿来的两万块。小姨说，说不好。我说，我爸之前跟我说过，人手里没钱就下贱，她跑了，手里没钱咋办？小姨说，看来你还是想她。我说，真没有。我是讨厌通货膨胀。

我去看守所看老黑，跟他说，他这算过失杀人，顶天了二十年。老黑说，飞哥，帮我瞒着点，就当我人间蒸发了。我问，这事儿你没对家里人说？老黑说，不能给家里抹黑啊，我儿子还小，不能让他受我拖累。我说，行，听你的，你儿子以后就是我儿子，我给养着。老黑说，哥，让他好好学习，他行，能好好学习。我说，行，我懂这个。

老黑判刑那天我没去，不敢去。那天台球厅生意也不行，学生都放暑假回家了。台球厅放着音乐，就我一个人，摇头晃脑的，来回摆弄那个存折。钱我取出来了，老黑这事儿花我不少钱。我正想着要关门的时候，之前来挑衅的人又来了。我说，这都半年多了，还记着呢。他说，那可不。说着向我展示了他的球杆。我说，我是不是和你有什么过节儿？我小时候不懂事儿，犯过不少错。他说，你真不认识我了？我说，我那时候转学了，真没印象。他说，周于飞，你再仔细看看我。我就是那时候给你开天眼的人啊！

我的脑门像是又被人拍了一下，那道疤隐隐作痛。

他继续说，那时候，我跟一个哥们儿打赌输了，他让我去拍你，试试你是不是真的改邪归正了。那之后，我怕你报复我，也转学了。他说得尽兴了，坐在长腿椅子上滔滔不绝，后面的东西我都没听清，我抄起身边的板凳朝他砸了过去，在天空划出一个简单的抛物线。

"老子现在告诉你，我叫林斐，不叫周于飞!"

我打得很尽兴，板凳断成了几截，他的叫声和音乐竟然重合了起来，变得很悦耳。我一手拿一只板凳腿，打得越来越有节奏。我面前好像多了无数观众，他们摇头晃脑，大吼大叫。我更加起劲，拼命击打鼓面，激烈的鼓点配合贝斯、吉他，把现场气氛推向高潮。我大吼着把鼓槌抛向天空，一大群鸽子伴着它飞向远处，鸽哨悠扬。

少 年 游

　　我爸临走之前，给我留了两个物件儿，一块上海手表厂产的机械手表，一根上海永生金笔厂产的永生233钢笔。手表盖儿是块塑料，有点儿泛黄了，不好看，还有道裂纹，但不至于碎。不好看归不好看，倒是不影响表的性能，该准还是准，就是有点儿麻烦，三天一上劲儿。钢笔帽儿是不锈钢的，笔杆是暗红色的，暗尖儿，尖儿上有个英语单词——Peace（和平），只露出一点儿。用着挺顺，看着也算顺眼，就是尖儿有点平了，得万分小心。我爸说，这钢笔就笔尖儿贵，得注意。按说这两样东西我都可用可不用，我住校，时间表清晰明了，从晨曦起床跑操，到星夜上铺睡觉，事无巨细，明明白白。我上初中那一年，中考突然改革，用机器改卷，技术还不算成熟，规定多，限制多。老师三令五申，平常写字都得用零点五毫米的黑色中性笔，不能出半点儿差错，出错就是零分。但是，我爸就给我留了这两样东西。按我爸的话说，他年轻时爱打架，没有分清主次，该办的事儿没办。人生有两件事儿一定要办，一件是树立正确的人格，另一件是好好学习。

这里我得特别说明一下，我爸是去坐牢了，没死。

按说这事儿本来不算我爸的责任，我爸只是被动反击。那天他照常去上班，骑着他结婚时买的弯把赛车。那车很时髦，买的时候花了四百，他一个半月的工资。那会儿还没我，为这事儿，我爷差点儿把他打死。他老说，你爷把我打死了，就真没你了。下了班，他照常去彩票站买彩票，他觉得自己能中奖，不知道这信心是哪儿来的，双色球期期不落，单式五倍。后来他进去了，还不忘吩咐我，照着他的号买，没钱找我妈要。我买过几期，后来的钱都拿去买汽水了。买完彩票他就往家里走。他爱走近道儿，那是个小胡同，平常没啥人，有人时就会出血，都是打架斗殴的。我爸那天下班就挺巧，遇上打架的，本来这事儿，他不会管，默默走过去就行，但是有人砍到他自行车上了。

那自行车已经十来年了，当初再金贵现在也不行了，零件换了不少，除了车架其他估计都是后来的。可是事儿有不巧，那人偏偏一刀砍到了横梁上，刹车线断开，在横梁上留下一个豁儿。我爸的青春期是跟砖头一块儿过的，我奶给缝的单肩包里，时常塞着一块砖头。他跟我讲过，他那块砖头不一般，是从隔壁家墙上卸下来的，有字儿——泰山石敢当在此。那是一块灰砖，它没碎之前，拍过不少脑袋。我爸看着横梁上的豁口，自然不打算善了，下了车就和那人扭打在一块。我爸是运输部的，有膀子力气，打起人来，挺轻松，一下夺过刀，追着三人砍。有不要命的，拼刀，我爸也耍狠，没控制好度，一刀捅腹腔里去了。

"那人眼睛睁得极大，瞳孔也大，像是瞪着我，又像是要吃了我，不过还好，就一眼，他就躺下了。"我爸回家后告诉我。

那天他回家，身上都是血，他不急不慢换了衣服，出门修了刹车线，带着我，去了派出所，让我把车骑回去，顺便把手表和钢笔给了我。他从容不迫，一副英勇就义的气势。后来历史课上，学到戊戌六君子的时候，我总觉得我爸生错了时代。

我爸因为防卫过当，被判有期徒刑五年零九个月，就近被分配进省一监。我爸这事儿对全家都影响不小，首先波及了我，那年我本该入团的，因为这事儿，没入，成了班里仅有的少先队员；然后是家里的房子，我们本来住在火电厂家属院，因为我爸进监狱，邻里多对我妈冷眼相待，我妈受不了这气，带着我搬了出去，后来房子租给了在附近银行工作的年轻人；再就是我奶的身体，我奶平常老惯着我爸，我爸一进去，我爷没少跟她置气，我奶气不过，一头栽在地上，醒来之后就糊涂了，没人照看着不行，老说胡话，没事儿老流口水，手不停哆嗦；影响最大的是家里的经济来源，靠着我爸的工资和我爷的退休金，我家的生活水平一直维持在小康线上，缺了我爸的工资，经济危机马上就来，加上我奶的病，日子一天不如一天。

　　不过这些对我影响不算大，我住校，吃喝拉撒全在学校，两个星期才放一次假，两天。

　　为了能让钢笔派上用场，我找同铺的陈林钦借了字帖。我们初中宿舍紧张，全班男生，二三十个人，挤在一间教室改的宿舍里。宿舍里铺挨铺，我跟陈林钦都在上铺。他字写得好，字帖上的描红纸已经用完，我只能临。平时偷偷临，让鸡大婶看见我用钢笔，估计要被她拎进办公室开小灶。鸡大婶是我班主任，教语文，爱穿裙子，无论冬夏，都穿；头发扎着，绾成个疙瘩，露出光亮的大额头；嘴极碎，老爱批评人，得理不饶人……这一系列表现，为她争下了"鸡大婶"这个名头，暗地里大家都这么叫她。她最喜欢批评人，手还不时戳对方肩膀，不是一下一下戳，是接连好几下，像啄木鸟。她老爱说，我这都是为你们好，你们就是不理解。我临了几个月，字儿有点模样了，鸡大婶专门在班上表扬了我。她说，都得向林斐学习，他以前的字像狗爬，现在再看，漂亮得很。这说明，人只要想努力，总能进步的，老让我逼着，这不行。那次表扬之后，我加入了共青团，领到了团员证和团徽，紧接着，我考了年级第一，成了浪子回头的典型。

　　鸡大婶除了是我的班主任，还兼着学校的政教处主任，主抓纪律、卫生。每周一上午第二节课后，是升国旗仪式。

由体育老师挑选的国旗班成员，庄严地踢着正步把国旗扛到国旗台，交到升旗手手中，然后国旗随着国歌冉冉升起。这个时候，每个学生都应该跟着唱国歌，就算不发声，嘴唇也得动，不动要扣分，扣十分就会点名批评。升国旗仪式后，是国旗下讲话，这讲话形式与其他学校不同，是鸡大婶独创。作为政教处主任，鸡大婶会先点评一下上周的纪律、卫生工作，然后挑"典型"批评，接着这位"典型"上台讲话，主要是反省。一般"典型"在上周五已经知晓安排，这说明，"典型"要经历两次批评，双倍羞辱。

我既然被评为浪子回头的典型，这故事就得从"典型"时开始说起。我爸进去之前，我因为手里有俩闲钱儿，老爱出去上网。我们学校是封闭式学校，不经批准不能出校门。第一次去网吧是陈林钦带我的，从厕所边上翻墙，去的是门口的黑网吧。没人带路，绝对不会知道那是网吧。没有标识，就一个普通的农家小院，进去，里面就十来台电脑，显示屏不一种型号，有大有小，不能玩网络游戏，网络老卡。网管除了重启，不会其他技能。就这条件，去晚了还没座位。我家没电脑，但是微机室有，学校不怎么教，微机课就让学生打游戏，那时候玩《血战上海滩》，见人就杀，打到人质也没事儿，顶多不要奖励。一周一节的微机，并不足以满足青春期的好奇心。陈林钦是游戏高手，特别是《红色警戒：共和国之辉》，通常我的坦克还没有出家门，他就把我的基地轰炸一遍了。

为了赢他，我多次翻墙出去上网，我去得最凶的时候，一星期去四晚。这事儿被鸡大婶发现，主要怪陈林钦。那天我有预感，觉得这事儿要漏，夜里两点叫他回去。他激战正酣，核弹已经预备好，要炸对方基地。对手就在这网吧，我找了一下，在隔壁屋。他这时候是绝对不会走的，好不容易找到对手。我越来越慌，果然，陈林钦赢了之后，鸡大婶带着警察扫了黑网吧。我没法解释那种预感，但它就是应验了。我俩没被当场逮着，我跟陈林钦跳窗户跑了。陈林钦那对手不仁义，把我们两个供了出来。

我们没被鸡大婶赶出一等班，还得感谢陈林钦，陈林钦是鸡大婶的侄子。我们学校实行末尾淘汰制，全年级八个班，分成一、二、三、四，四种等级，每等两个班，一等最好，四等最差。每班六十人，班级后十五名，降级；次等班前十五名，升级。经验告诉我们，死罪可免，活罪难逃。我被当成典型批评，接着就是国旗下讲话。

这事儿算耻辱吗？我倒不觉得，就是让所有人盯着看，非常不舒服。那天天气不错，有点小风，我站在台上，一手拿着话筒，一手拿着稿子。首先是政治反省，作为一名少先队员，我这么做，是给组织摸黑；接着是业务反省，作为一等班的学生，不好好学习就是错误；最后是思想反省，我一定改过自新，好好学习，争当正面典型。那天国旗下讲话，让我觉得我有成为演说家的潜质，字正腔圆，临危不乱，收放自如。

我爸进去之后，鸡大婶对我的态度有所改观，给了我助学金，免了我的学杂费，时不时找我谈心，说不能让家长的事情影响我的学习。我也跟她交了心，我说我爸让我好好学习，这话我懂。

好好学习这事儿简单，凭着爸妈给的好脑子，我的学习成绩很快就上去了。但是班里人不信。他爸是个罪犯，他一定也不是什么好东西。这话不知道从什么时候传出来的。这话像瘟疫，很快传遍了一等班，大部分人都认为我的成绩是抄来的。我有心争辩，热血都顶到脑门了，有几次还差点儿动手。

被大多数同学孤立之后，我就开始戴表了。我爸给我的手表，我不好意思戴，那会儿流行电子表，特别是防水的，样子好看，还带灯，夜里也好使。我这块儿就不行了，款式太老，特别是表带儿，一看就是老大爷才会戴的。我爸之前专门跟我说过，这块表是上海第二制表厂产的，原本是供给飞行员的，质量特别好。他这一块是以前的战友给的，他这辈子当不成飞行员，这表得留着。这我知道，表后盖上有颗五角星。如果不是表盖儿上有条缝，这表应该值不少钱。我那个时候要面子，不能让别人瞧不起我，半夜依旧出去，不过不是上网，跑外边路灯下背书。那表派上用场了，每天十二点回宿舍。之前有学生回教室学习，我不能，我爸是罪犯，我半夜一个人在教室，说不清。有时候，我回去时，寝室门已经锁了，任我怎么敲，也没人开，我就通宵看书，瞌睡了就睡在楼道里。大概坚持半年，成绩突飞猛进，一跃成为年级第一。鸡大婶对我说，林斐，你要是早这样，你爸估计就不会犯错了。我问，为啥？她说，你爸动手前，绝对不想拖累你。我说，哦，还有这一层。

拿了第一之后，我依旧出去看书，不过在哪个路灯下看书，哪个路灯就坏，我知道咋回事儿，还是跑遍了学校的路灯，但修理的速度赶不上坏的速度。没多久，这习惯我就放弃了。

我爸给我一组数字，前面六个是红球数字，后面一个是蓝球数字。我爸说，坚持买，能中奖。中奖了，养活你妈。我拿到年级第一后，我开始固定买彩票。这是我跟鸡大婶之间的赌约。那次国旗下讲话之后，鸡大婶说，这事儿不能就这么算了，你要是考得差了，还得从一等班出去。我说，要是我能考第一呢？鸡大婶说，要是你能考第一，你想干啥我都不管。我说，那成交。那时候我想着，要是我考第一了，一定再出去上一次网，光明正大地出去。我爸进去之后，托我买彩票，我觉得这事儿更重要一点，万一中奖了呢？之前的彩票钱花了不少，后来我用奖学金补上了。年级第一，学校奖励五百块，正常情况下，这五百够我一学期的伙食费。我偶尔中一两次小奖，有次狗屎运，中了两百，总的来说，花的比挣的多。初三上学期，我奶的病情加重，家里没钱让我买彩票，这习惯也就断了。

　　一等班因为末尾淘汰制，人员更换十分频繁，从初一到初三全勤的学生很少，有下去又回来的，通常都是下去之后回不来的。这么做，当然是有原因的，一等班的一百二十人是要冲击重点高中的。上重点高中，成绩起码得在五百九十分以上，满分六百四十五，文化课六百分，实验十五，体育三十。我考年级第一那次，考了六百三十二，据说是我们学校历史上的最高分。到了初三下学期，班中学习气氛低迷，鸡大婶突然提出一个方案，带着我们去春游。那时，我算是明白了，什么叫"赢粮而景从"。

　　小学时，学校每年都有春游、秋游，多是去开封的各处公园，一去就是一天，得带着午饭。那时候，我家生活水平还行，我妈会给我煮一盒猪肉饺子，裹严实，然后再给我十块钱。我背着我爸的行军水壶，壶里是早上煮好的牛奶，三勺糖。我有点儿晕车，我奶会给我备好晕车药。我爷最不放心我，给我塞张纸条，上面是我家座机电话，他说不行就给家里打电话。到了公园，老师一般先带着我们走一圈，然后适时放我们出去跑一会儿，定点集合。一天下来，玩得筋疲力尽，之后返程。这样的春游、秋游，是学校创收的好时候，每个学生都得交门票钱和车费。门票是团购的，价钱要比单人便宜一些，车费就更少了。据我爸分析，一次旅游下来，学校能挣几千块。我爸那时候一个月工资才一千二。

　　鸡大婶说出"春游"这个词之后，所有人看她的眼神都变了，要柔和很多。甚至有人传出，为了让我们春游，鸡大婶和校长对着干的传闻。知情人都知道这传闻不实，因为校长是她丈夫。去万岁山，鸡大婶公布了费用，每人三十块，门票二十，车费十块。整个一等班就一个人没去，我。我奶那阵儿越来越糊涂，手哆嗦得也越来越厉害，我爷不胜其烦，和我妈商量送她去敬老院，结果敬老院不收，只能养在家中。春游这事儿我没跟我妈说，我知道我家没这三十块供我玩。我这人好面儿，拉不下脸说自己没钱，去不了。想来想去，只能扯谎，说身体不舒服，吹不得风。

　　我不去，这事儿并没有影响谁。我反倒多了一天假期，不过鸡大婶要求我在学校学习，不能回家。

　　那天天没亮，寝室里已经乱成一团，有的在细致地擦白鞋，有的在试新衣服，有的对着镜子梳头，有的在喷香水……从初二开始，我们班有几个女生已经大为不同，第二性征发育完全，表现出女性的魅力。除了一等班，学生谈恋爱的事情时有发生，这并不说明一等班的学生是木头，没有小心思。鸡大婶很爱引用语录，并安排写板报的学生，用红色粉笔写在后黑板显眼的位置，多数都换过，只有正中央的加粗字没换过——一切不以结婚为目的的男女关系，都是耍流氓！鸡大婶说，一等班的学生，思想正是首要的，其次才是成绩。可以说，精神高压迫使一等班的学生成为木头。但是，木头遇上春天，也得发芽。明面上不能来，就搞地道战。陈林钦在宿舍说过，郑庄公与母亲是怎么相见的？不就是在地道里吗？要发挥主观能动性！据我所知，陈林钦喜欢张俊凤，他多次暗示我看她，眉眼中的小心思，是个傻子也看得出。张俊凤发育得确实好，身材高挑，面容姣好，一头长发，暗恋她的人不少，别的班私下进行过校花排行，她排前三。我不太喜欢她，倒不是不喜欢她的模样，是不喜欢她的眼睛，那双总是拿眼白看我的眼睛。鸡大婶讲过阮籍的青白眼，张俊凤不拿青眼看我，我自然不会喜欢她。

　　他们出发的时候，还不到八点，太阳刚刚升起不久，赖在地平线，依依不舍。那是两辆 14 路公交车，被包下后，拿牌子遮住了 14 路的字样，没盖严，能推断出。里面满满当当都是人，一张张欣喜的脸。那时候我在教室，我坐在窗边，透过锈迹斑斑的窗户看过去，车子跑了。车子发动时，尾部泛起一股青烟。之前，我老跟我爸一起看电影，用家里那台 DVD，我爸特别喜欢看《追捕》，高仓健主演的，他那身立领风衣，我爸有两件，都旧了。我爸高兴了，就会学里面的台词：

　　"杜丘你看，你看多么蓝的天啊，一直走下去，你就会融化在蓝天里。走吧，一直向前走，别往两边看……"

　　我爸学的是配音腔，我看动漫，《龙珠》里的日语配音，没他那么做作。

　　那天，春游的车子就朝着蓝天里驶去了，然后融进了蓝天里。多么蓝的天啊，我也想出去走走，我想说说话。

　　陈林钦曾经给我一份开封地图，我也不知道他从哪里得来的。中考不考地理，是完全不考，九门功课，就地理完全不考。于是，它最先被放弃，结业考试之后，曾经的地图就被当成了垫纸（实际上，地理也不考开封地图）。我把书立移开，把地图拿起来，地图上有一个圈，圈旁有一行小字：河南省第一监狱。我已经不买彩票了，通行证也被收回去了，我想出去，只能走老路子——翻墙出去。白天翻墙的风险比晚上大很多，我不能选择厕所后那条路了。学校锅炉房后有排矮墙，那是前辈们跳墙出去的地方，现在矮墙上满是玻璃碴子，没人从那儿跳墙。锅炉房是学校烧热水的地方，热水供师生们饮用、洗漱，除了一个烧锅炉的大爷，通常没别人。烧锅炉的大爷爱喝两口儿，学校有规定，工作时间不能喝酒，他忍不住的时候就跑出去喝，这情况学生们都知道。八点，上课铃响起，我小心翼翼往锅炉房那边去，为了不让人起疑，我还带着一个水杯。

　　大爷卧在躺椅上，在打盹儿，估计刚喝了点儿，隔着好几米，就能闻见酒味儿。我缓缓绕过锅炉房，走到矮墙边。说是矮墙，其实也快两米了，加上玻璃碴子，不好过去。倚着墙角，蹬着墙，我慢慢往上挪，背部用劲，快要到墙边的时候，我仔细看着玻璃碴子，伸手过去，借力上墙。墙后面是食堂的泔水堆，我沿着墙走了几米，挑了一块儿软的地方跳了下去，没摔着。之前总是从厕所边翻墙，那边高，还摔过一次，半个月腿都是瘸着的。我之前没从这边跳出去过，绕了一圈才从田野里走出去。我特意避开大路，顺着大堤往西走，怕遇见老师。

大堤上很冷清，刚刚入春，堤上的杨树才发芽，很小，如果不是那股味道，根本不会引人注意。初生的枝丫有种特殊气味，像浓茶，先涩后香。我小时候跟着我爸上大堤抓过马猴，不是眼前这段儿。那段儿和这儿差不多，基本上全是树，土松软，干干的，表层基本都是树叶。我爸很喜欢吃马猴，为了尽可能多抓，他教会我就独自往深处走。他头上戴着灯，跑很远我也能看见，有时他走远了，我就在一边等他。就是堤上蚊子多，不动就招蚊子。除了蚊子，堤上的野枸杞枝也不友好，倒刺横生，稍不留神，就被扯到，一条血红印子，接着就是红肿瘙痒。那是很久之前的事情了，如今，我只用在大堤上走一段路，然后下来，走到大路上，去乘公交车。

我奶病重之后，我很少再乘车回家，每次都是走回去，三四公里，得走一个小时。回到家就得写作业，我觉得回家是对我的惩罚，在学校还能好好写作业，回家就难了，我爷时不时叫我帮忙，老打断我。每次走回家，都能省下一块钱，那时，我已经不买彩票了，钱都攒着。省一监太远了，我虽然有地图，但还是太远了，不能只靠脚。

我出堵街的次数极少，市里的很多地名我都极不熟悉。我站在公交站牌旁边，对着地图，找下车的站点，几经规划，终于找到最优解。数学老师很喜欢我，主要是因为我学习好，我爱动脑子，寻找最优解。有次考试，有道题需要用两种方式解题，我写完两种方式之后，还有时间，就又写下两种，直至考试结束，我都没有想出第五种。考试完，我去找数学老师，我说，应该有第五种方法，我应该可以找到。当时数学老师对我一通表扬，因为他的答案中，只有三种解题方法。我现在算是活学活用，找线路，得找最省钱又最快的。

车子一路往前跑，太阳已经慢慢爬上去，车上人不多，与春游的车相比，太少了。我也是春游，我得去告诉我爸，我考了年级第一，还拿了五百块奖金。还得告诉他，他那注号不好，一年多了，没啥盼头。车到劳动路口，上来一个醉鬼。我爸说，男人喝酒可以，绝对不能当醉鬼，醉鬼绝对没出息。醉鬼浑身臭烘烘的，我有点晕车，早上吃的鸡蛋往外顶，伴着胃酸。又过了一站，我不得已下车。下车我就吐了，我没考虑清楚，我计算路线时忘了，还有个条件，不晕车。一晕车，这答案就错了。为了补救，我只能走到预定站点，不算远，两站路。

城里确实比堵街那边好点，人多，车多，房子也高。我路过了好几家玩具店，里面都卖四驱赛车，什么造型都有。班里很多男生都还在玩，每次他们谈论起这事儿的时候，我在心里都笑他们幼稚，那是小孩儿玩的东西。但当我看见那辆金属壳的赛车时，我也心动了一下，太好看了，马达嗡嗡响，一听就知道跑得快。老板把它放进跑道，

"嗖"一下就蹿出去了，不知道它会不会旋风冲锋龙卷风。我不能多看，我赶时间。

路过健身公园，几个大爷在打乒乓球，他们似乎不怕冷，只穿着背心儿。我爷也有那种背心儿，但是我爷不会打乒乓球，他穿那背心儿的时候，太阳已经越过赤道，接近北回归线了。陈林钦喜欢打球，他也老爱拖着我打球，我那时候满心都是如何学好英语和语文，学好这两科，我就能考出好成绩。我答应了我爸，我得争气。小学的时候，我打球不错，那时候我有好的乒乓球拍，一个就四十块，乌木板，两面胶，握手处还缠着胶带和海绵，极为称手。凭着一手好兵刃，我几乎无敌。陈林钦叫我，我不是不想打，手也痒，但是得忍住。鸡大婶说了，忍不住诱惑，没法儿拿高分，拿不到高分，以后就是不行，家里也跟着丢人。老大爷们技术很好，球能抽很远，边打还边吆喝，观战的也不少。乒乓球是全民运动，历史老师在课上说过，中国人三大球都不争气，但小球厉害，特别是乒乓球，奥运会看过吧？冠亚军都是中国的，长脸。绕过健身公园，就是下一个站牌，在那儿换乘。

这次要坐十站路，按照我晕车的劲儿，估计能坐七站，咬咬牙，八站。车子往北走，几乎快要出城。我爸说，开封城很小，跑两步就出去了。现在我觉得，他步子真大。司机是个中年妇女，看起来年龄比我妈大一点，她戴着一副茶色眼镜，应该不是近视镜。在路灯下看书那段日子，我的眼睛好像坏了，看什么都有点儿模糊，有次抬头看月亮，竟看见了一圈，原本残缺的月亮变成了圆的，比原来要大很多。我妈担心我近视，挤出钱给我买了眼贴，嘱咐我每天贴，但是没啥用，那阵儿眼睛一圈红红的，隐隐还有一些痒，我不敢挠。司机应该不知道我在看她，她扶着大方向盘，脚下时不时踩一下。我家没小汽车，有钱的时候也没有，但是我坐过小汽车，座儿舒服一点儿。司机时不时看一眼后视镜，特别是上人的时候，她总是催促那些从后门上来的人交钱，嗓门很大，穿透力很强。

　　过了四站，我已经不行了，人太多了，味儿很大，我闻不了这味儿。但我又不想站起来，好不容易占到座儿。初二到初三这一年，我不但成绩突飞猛进，个子也蹿了不少，从以前的小矮个，变成了中等个子，逼近一米七了，站在那儿，能够着横扶手，但是我不想站着，站着老想吐，站着似乎就是为了吐，一伸脖子就能吐。这么想下去，我越来越想吐。我强迫自己想春游的事情，如果我去春游了，会玩什么？会不会和陈林钦一起偷看张俊凤？我小时候很爱玩气枪，三块钱一百发子弹，如果能中九十发，就能抱走一台小霸王游戏机。通常我只能打掉八十五个气球，即便是花十块钱，玩四局，也只是每局八十五个。我爸后来告诉我，那就是陷阱，只有八十五个气球能被打烂，剩下十五个打不烂。我说，这是咋弄的？他说，你那气枪有声没？我说，有，还挺响。他说，那就对了，后十五枪，只有响，没气。后来再去公园，我就看别人玩，没再打过。

事实证明，转移思想并不管用，我还是要吐了，刚过五站。我默念，咬咬牙，忍一忍，到第六站下。这次管用，车刚停稳，我就冲了下去，一下吐在了路边的绿圃里。连续吐了一分钟，从碎渣到干呕清水。吐完好受多了。

打开地图，距离省一监不远了，往西走，穿过门洞，右拐两站路就到。我不断组织语言，像写作文之前打腹稿一样。见到我爸，他一定先惊讶，你咋来了，不上课？我就说，班里人今天去春游，我没去。他肯定问我，咋不去，你不是爱玩吗？我就说，不想伸手要钱。他或许会夸我懂事。这个时候再把考年级第一的事情告诉他，想必他会更加高兴。我会说，爸，你早点出来，咱们生活好了，奶奶的病也能好，以后咱也买个小汽车。我一步步往前走着，很快过了门洞。出了这扇门就是西郊了，我从东郊跑到了西郊，从小到大，这是我第一次一个人跑这么远。

我看见了电视塔，它真高，和火电厂的烟囱差不多，但它比烟囱好看。和它一比，省一监要小多了，那扇蓝色的大门也小，大门上的小门就更别提了。我径直朝着它走过去，大概还有十来米的时候，一个拿着枪的警察走出来问我，你干啥？我说，我要见我爸。他说，打电话预约没？我说，没有。他说，你带身份证没？我说，我没身份证。我突然想到什么，从身上翻出团员证，我说，团员证行吗？他说，不行。我说，我跑了很远来的。他说，不行就是不行。我觉得有点儿委屈，我想哭。可是我爸说，男人不能哭，什么时候都不能哭。我问，你能告诉我我爸在哪块儿吗？我爸叫林冬生，冬天的冬，生命的生。他说，你说这没用。想见他，可以预约，一个月能见一次。我问，写信能收到不？他说，能。我看着他缓缓走回亭子，站在那儿，像庙里的金刚。我顺着大门往两边看，高高墙上都是铁丝网，没多远还有哨楼，比我们学校管得严多了。

我沿着墙往东走，每走十步大喊一声爸，声音尽量从胸腔里出来。初二下学期，学校举办过合唱比赛，鸡大婶为了拿到好成绩，叫音乐老师给我们开小灶。那个时候，我刚过变声期，声音低沉，音乐老师说，我可以唱低声部，但是声音得从胸腔里出，这样声音更磁性，也更省力。现在我觉得她说得对，是很省力。不一会儿，我嘴里就有些干了，加上小风不断往嘴里灌，头也晕晕的，我沿着墙一直喊，不时有人朝我望过来，我也没停，直到喉咙完全哑了才停止。我觉得我身上没有任何水分了，可还是哭了出来，眼泪哗哗的，没一点声儿。我爸的话，让风灌进我肚子里了，不见了。

等我完全意识到，我爸不可能听见的时候，已经一点半了。我把表贴近耳朵，嘀嗒嘀嗒的声音沁入我的大脑，我突然觉得饿了，我意识到我得回学校。麻烦来了，我迷路了。掏出地图，我试图找出自己的位置，可是无论往哪个方向走都不行，我已经找不到北了。我爷说过，不行就给家里打电话，我记得住家里的电话，这时候给家里打电话，估计回家要挨打。我就记得住三个电话，除了家里的座机，还有两个手机号码，一个是我爸的，我爸进去之后，手机就扔家了，我妈嫌费钱，就停机了。另一个是鸡大婶的，鸡大婶现在应该在万岁山，离这儿不算太远。我得先打好腹稿，最好先承认错误，承包下周的国旗下讲话，把整个跳墙的过程描述清楚，最后再求救。

　　我用兜里仅剩的一块钱买了瓶水，顺便问老板借手机。搁平常，花钱买水喝这种行为是要付出代价的，一顿打起步。但是现在是非常时期，一是我渴，喉咙干；二是我得借电话，干借，肯定不好借，电话费也不便宜。这方法是我爷教我的，我爷说，让人帮忙，得给点小利。花钱买水，一举两得。拨号，接着就是彩铃，熟悉的《花好月圆》，以前听到这歌就知道班主任来了，得好好学习，现在听见，小心思更多。

　　通了。

　　我说，陈老师，我是林斐，我迷路了。她愣了一下，你跑出去了？我说，我想跟我爸见个面儿，我一年多没见他了。她问，你嗓子咋了？我说，刚喊哑了，没见着我爸。她问，你在哪儿？我说，不知道。她说，你会借手机不会问路？我这才反应过来，问了路，告诉她。她说，你在那儿等着。我说，陈老师，下星期，我国旗下讲话。她说，这会儿知道自觉了，早干啥去了。

　　大概过了十来分钟，一辆出租车停到我身边，鸡大婶示意我上车。这个时候，我才感觉害怕，鸡大婶还没开始批评我，我就哭了，比刚才哭得还凶，我爸的话算是忘干净了。鸡大婶没想到我会这样，她说，有本事中考完了再来，那时候要是还考年级第一，你就能见到你爸。我说，老师，我不小了，你用不着骗我。她说，知道不小了？那还迷路？那还哭？咋这么窝囊，好歹一个男子汉。

　　车子没有按照预想驶进东京大道，驶到了监狱门口。她说，你看见那道门了吗？蓝色的。我说，我刚才来了，没让我进。她说，未来你爸会从里边出来。你看看更远处的天，蓝吧。我说，我跟我爸看过《追捕》，高仓健。她说，杜丘委屈不？我说，挺委屈的。她说，杜丘跳下去了吗？我说，没。她说，最后他还不是赢了？我说，那是假的，我爸说了，电影里都是假的。她说，可是我们都得融化在蓝天里。这话我没听懂，鸡大婶没给我想的时间，就叫司机走了。愣了一会儿，我对她说，陈老师，回去我想给我爸写封信，说我会好好学习。她说，光说没用。

　　小车确实比公交车舒服一点儿，但我还是晕车了。我中午什么都没吃，什么都吐不出来，我只能把我的腹稿吐了出来，那是我下周的国旗下讲话：

　　我叫林斐，双木林，非文斐，我爸叫林冬生，冬天的冬，生命的生。我犯了错误，我爸也犯了错，他的错严重一点，被关进了监狱，我的错小点儿，现在站在这儿反省。

那天我翻墙出去找我爸，是想告诉他我拿了第一，分挺高，这是骄傲自满。我想让他好好改造，早点出来。他一刻不出来，我就一刻受到白眼，考第一也不行。我不偷东西，不打人，不骂人，没早恋，努力学习，不作弊。这是一等班学生的基本素质，不值一提。按说，给我爸鼓劲儿的出发点是好的，但是，方式不对，我不能翻墙出去，那是越狱，我得反省，这不对！我不能越狱，我爸更不能！我想告诉他，他让我买的彩票不行，中不了奖，不如他的工资稳定。没钱，奶奶的病治不好，家里的生活不行，我也去不成万岁山……

　　风越来越大，那些话都往嘴里回灌，渐渐没了声息，我听不清自己说什么了。我回头看鸡大婶，她和出租车一起变小，越来越小，她像是进入了地图，成了一个角标。我从路边站起来，那些从我嘴中溢出的文字，已经碎成笔画，被风一卷，顺着街角高楼上的天线飞向更远的天空，或者宇宙。我往万岁山方向走，鸡大婶好像并没有来，她好像还在万岁山某个凉亭里坐着，等着玩疯的学生们回来。她身边摆满了书包和衣服，其中或许也有我的，书包里有我写给父亲的信，用钢笔写的，字写得不好看，像狗爬。我艰难地抬起腕子，手表上那道裂痕不见了，被风吹走了。顺着那缕风望去，裂痕往很远很远的地方飘去了，掠过的地方，都留下了裂痕。我拿出那支钢笔，果然，笔尖儿上的 Peace 也不见了，光滑圆润，只有一道深蓝色的线。这时，我觉得我爸应该还没有经过那条小路，他的彩票或许中奖了。脑子越来越沉，我原以为它漏了，因为那些深藏在其中的文字都飞走了。可是它却越来越沉，一瞬间，我明白了，那是知识，飞进来的知识，那是年级第一的分量。我确定自己站稳了，但脚下又轻飘飘的。地图从我手中滑落，省一监上的黑墨圈慢慢飞出来，它困住了我，我无法往前走。那一刹那，我想往上走，我指的是蓝天，融化在蓝天里。

侠

　　我到尘世书店的时候，余小曼还没来，我找了个靠窗的位置先坐了下来。窗外是个老家属院，二化的，很早之前我在这一片儿住过，在搬去堵街之前，我爸把这里的房子卖了，很便宜。现在这个家属院值钱，说是要开发成一个大型购物中心，拆迁款不会少。坐下没一会儿，服务员走到我身边问我喝啥，她说这边只有消费才能坐下休息，说着把饮料单递到了我面前。我扫了一眼，最便宜的饮料也要二十七块。一杯橙汁就要二十七块，价钱高得我心里犯嘀咕。我仔细看了看，选了一杯中游价格的纯牛奶，三十九块。服务员指了指桌上的付款码，示意我付款。我盯着她走向了柜台，然后看见她拿着桶装牛奶给我倒了一杯，大约四百毫升，蒙牛的。那种桶装牛奶在超市，一桶也就十来块钱。

　　在书店见面这事是余小曼决定的，本来我还挺高兴，书店这地方不花钱，只是我没有想到还有这一手，不吃饭，光两个饮料就小一百，而且出了书店就是一家网红火锅店，听名头就知道特别贵，种种迹象，让我对此次相亲极为失望，特别是我从三十九块的纯牛奶中喝出了一块五的枕装包的味道时。按说现在我并不是太缺钱，堵街要拆迁的消息早就传出来了，拆迁之后，我就是拆二代，大把钞票让我花，但是没到手的钱就不是自己的，这道理我懂，而且，再有钱也不能浪费，这道理我更懂。抿了一小口牛奶，我看向外边，感慨也不少，要是那时候没有卖这里的房子，现在拿的拆迁款只多不少。我家在堵街有个五层的小楼，带个小阁楼，面积大，再便宜的东西，量大也能挣钱。但是地段带来的收益有时候很难用价值规律来衡量，因为谁也想不到一杯牛奶的价格会因为地段而相差几十倍。

书店里很暖和，灯光柔和舒适，加上安静，很容易让人瞌睡。坐了差不多十分钟，我就不行了。我从小不愿意看书，看见书就瞌睡，这毛病以后怎么都得改改，我是这么想的，估计是在梦里。我醒来的时候，余小曼已经坐在我对面了。醒了？余小曼问我。我说昨晚熬夜看球了，不好意思。她说她闺蜜生病了，她迟到就是因为这。她说话的时候，手里正拿着一本书，封皮朝下，我也看不见名字。听我们单位老陈说，余小曼是个书呆子，离了书活不了。书旁边放着一杯橙汁，我问她要不要再点一杯。她看了一眼我手边的牛奶小声说，这家店哪都好，就是饮料价钱贵，忘了跟你说了，随便点个便宜的就行了，就是找个地方坐坐，花那冤枉钱干啥。她这话一说完，我心里好受很多，她和之前那些人不一样，不是骗吃骗喝的。

我说我再介绍一下自己吧，我叫杨侠，跟老陈一单位，他估计也跟你说过吧？余小曼点点头，看着我说，老陈是不是收你好处了？我说，没啥，两包烟。她说，那还行，之前那几个都给了老陈不少东西，老陈那人滑头。说着，她扶了扶眼镜。我也没有想到老陈竟然成了我和余小曼相亲路上的垫脚石，而且这个垫脚石极为好用，我们第一次见面相处得很融洽，并没有讨论更多现实的部分，说说笑笑就过去了，我觉得余小曼可以处，决定带她去书店旁的网红火锅店吃一顿，老陈之前也说过，现在的小姑娘就喜欢吃火锅，尤爱网红火锅店。结果余小曼拒绝了，她说要吃火锅我带你去另一家，七拐八拐，拐进一个没啥人的小胡同，是家粤式火锅，好吃而且便宜。余小曼这姑娘行，勤俭持家。

余小曼是个文艺女青年，爱读书，别人都说她脑子都读出毛病了。我没怎么在意，通过几次相处下来，我没觉得有啥毛病。她走进书店，把挎包递给我，我找个靠窗的位子放下，就跟着她去书架上选书。书架上那些书她都熟悉，一边看一边评价。这个作家不错，语言干净，行文流畅，不拖泥带水，就是差点儿意思。我问，差啥？她说，差点儿力量。我听不懂这些，只能闭嘴听她说。这个作家也行，挺年轻，行文老到，要是不走偏路，日后能成大家。

你认识？我问。不认识。她停顿一下，但是他的书我基本都看过。哦，我又没话说了。她突然拿起一本书，没想到这里会有这本书。她展示给我看，那是一本黑色封皮的书，上面包着一层塑料保护膜，有点反光，我没看清书名。她看起来很开心，小跑着到了收银台。她站在那儿跟收银的姑娘聊了几句，动作幅度虽然不大，却很难掩饰她的激动。我回到座位上，看着窗外，外边正在拆迁，一辆挖掘机用大铲子撞墙，墙像纸糊的一样，一碰就塌了，烟尘弥漫，像是一滴墨在水中迅速洇开。

　　余小曼提着袋子走过来，坐在我对面，我问喝什么，她说还是橙汁呗，我准备过去，她又叫住我小声说，今天赚了，喝咖啡。我走回来时，她还没从激动里走出来，拿着书来回摩挲。怎么不把塑封拆了？我问。她把头伸过来，低声说，不能拆，这本书我早就看过了，现在已经绝版了，网上炒到一百多了，原价才二十八。你打算卖掉？我又问。怎么可能！她下意识把书往回拉，我要收藏，等破两百了再卖。这书写的啥，这么火？我问。就是初中的事儿。她抿了一口咖啡，眉头皱了一下，但是写得很好，代入感很强，从小青年身上看残酷的生活，我这么说你能理解吗？我愣了一下，我心想我哪知道这些啊，脑子瞬间转了起来，四处转弯之后，我只想到了鲁迅先生。是不是有点儿像鲁迅写的《故乡》？我说。她眼睛亮了一下，是那个意思，就像少年闰土，残酷而又美好的童年生活。瞎猫碰见死耗子，我算是碰着了。她问我的童年，我的脑子顺着这两个字想，一条线搭另一条线，无数条线在脑子里飞，最后蹦出了一句，我爸叫杨小康，大名叫杨连城，很少有人叫他大名，因为没啥人知道。

　　我爸叫杨小康，大名叫杨连城，很少有人叫他大名，因为没啥人知道。按辈分，我爸确实是连字辈的，但是村里同辈的很少再按排行起名了，我爷也没给我爸起，就叫小康，寓意好。一连叫了十来年，也没人觉得不妥。后来我爸当兵去了，下到连队，部队首长觉得我爸的名字不够硬气，说给他改名，他这才想起连字辈的事儿。后来我爸专门请了个假，托了人，换了名字，杨连城。再后来他在电视里看见有个叫烽火连城的坏蛋，总感觉自己的大名别扭。在部队待了六年，赶上裁军，我爸就转业到了二化。

　　因为在部队开过车，我爸成了厂长的司机。我爸很有眼力见儿，厂长很待见他，没过多久他就成了销售一部的经理，不再开车了，跟着厂长混饭局，因为酒量好，帮厂长挡了不少酒，厂长是越发喜欢我爸，很快我们家就分到了一个两居室，在四层，采光也好。二化倒闭之前，经历了大半年的垂死挣扎，我爸那个时候还是销售部的，厂子里效益不好，大部分员工都停薪留职。我爸之前跟厂长关系不错，离开之前要回来两个月工资，我那个时候正上小学，急着用钱，我爸把二化家属院的房子给卖了，余下点钱到堵街盖了个小楼。

　　我爸酒量是真的好，我记忆里他就醉过一次，那次醉酒跟二化也沾点关系。那是在二化倒闭之后。老在家待着也不是事儿，我爸就托之前的关系，到永磁机械厂干车工，开钻床，钻床分两种，横钻和竖钻，我爸开的是横钻。其实车床这东西我爸不懂，之前在二化他是销售部的，下车间的次数屈指可数，他硬着头皮摸索了几天，没想到让他给学会了。永磁在市场化方面走得快，算是活下来了，裁了部分员工，把技术骨干留了下来，工资纯靠效益，计件，我爸那一环节最便宜，一件两毛，我爸凭着一刻不停的干劲，愣是让我家处于温饱线以上。我小爹（也就是我亲叔叔）刚结婚没多久，找我爸说想进厂，我爸费了不少功夫，算是给他弄进去了。我小爹这人灵性，学啥都快，大概三天，就能熟练操作钻床了。但是聪明人都飘，我小爹就是这种人。有一次，上轮盘的起子没有拿下来，机器一开，起子顺着轮盘飞出去了，轮盘那转速，带出来的动能极为恐怖，起子先是磕在了地上，然后弹到我爸的左手上。当即手指头就断了几根，我爸疼得眉毛和鼻子都连一块儿了。到医院一检查，五根手指除了大拇指，全断了。医院不是我们这种家庭住得起的，当天下午就回家了。我奶逮着小爹打了一顿，我妈虽然拦着，但也咬着后槽牙。都说十指连心，这话一点都不假，我爸虽然在部队待过，但这疼，他依旧忍不住，夜里疼得睡不着，起来闷了一瓶二锅头，再开一瓶，倒了一碗酒，点着，用火洗手。幽蓝的火焰在夜里显得特别好看，忽闪忽闪的，洗完，我爸没浪费，闷灭火，一口把酒给干了，然后就醉了。

余小曼看向外边，二化家属院已经变为废墟，老式家属院面积都不大，户型也都差不多，裸露出来的截面也就没啥看头，空荡荡的破房间，除了垃圾什么都没有。余小曼问我还记不记得之前住在哪栋楼，我说在北边，最先拆的就是那边。

老陈其实给我说过好几个姑娘，什么职业都有，最狠的是个卖猪肉的，年纪不算大，二十四五岁，手上一层老茧，握刀握的，人其实不错，但是我害怕她哪天脾气上来了，顺手把我剁了，于是见过一两次就没再联系。余小曼是小学语文老师，在财小教四年级，有编制。她平常就爱看看书、写写文章，这两样我都不喜欢，但至少不排斥，而且通过几次相处下来，这姑娘也没啥毛病，待人有礼貌，又不乱花钱，无论是横向比较还是纵向比较，她都不错。我觉得是时候进入现实的下一步了。

还是在书店，我向余小曼坦白了堵街将要拆迁的事情。我家有栋小楼，在封户口之前如果我跟她结婚，保守估计可以多拿八十多万。跟我预想的一样，这个数字把余小曼惊住了。愣了一会儿她说，老陈之前跟我妈说过这事儿，说实话，我不想来，我妈逼我来的。我说，那咱们都透个底，你觉得我咋样？她犹豫了，我开始慌了，总有一种快要到手的八十多万要飞了的恐慌。她说，这事儿急不来，再看看呗，我觉得你不错，至少比之前那些好。这话一说出来，我如释重负，这有门。

我照旧跟余小曼约会，地方也基本上没变过，活动内容倒是丰富了一点，时不时看个电影或者去个电玩城。但是大多数时间还是在书店聊天，基本上我说得多，她就听着，除了不懂的地方，很少插嘴。我说得最多的，是我爸。

我爸手指断了的那一年发生了一件大事儿，也跟我们老杨家有关。二〇〇三年，我上初一，在农中（农业中学），是寄宿生。寄宿生活真的很无聊，老师管得也严，我们平常最大的愿望就是看电视。结果我们杨家的英雄让我实现了一次愿望。杨利伟乘坐神舟五号进入太空的前一天晚上，我们老师已经告诉我们了，明早停课，去微机教室看神舟五号飞船升空直播。这个消息散出来之后，整个男生宿舍都睡不着，神舟五号是个啥？有人说是火箭，我对火箭没概念，我就想看电视，看《新闻联播》也行。第二天，所有人都起得很早，早饭动作也快，七点三刻已经在微机教室门口集结完毕，等着老师来开门。门一开，一群人有秩序地进去，没什么声音，互相礼让，因为之前有先例，越挤越乱老师越不让进。微机教室里面黑乎乎的，暗红色的窗帘几乎挡住了所有阳光，老师吩咐我去拉开窗帘，就那么一扯，阳光抢着进入屋里。电视打开了，中央一套，神舟五号已经竖在那里，像是火电厂的烟囱。没过一会儿有个人对着话筒倒数，十个数，然后火箭飞上了天，不断有人鼓掌，我们也跟着鼓掌，掌声从校园的各个方位响起来，我其实不知道因为什么，后来才知道，神舟五号发射成功，这值得好好鼓掌。

"不是说你爸吗，咋说起神舟五号了？"余小曼忍不住问。

"这得有耐心，相声前面还有垫话呢。"我说。

我有个外号叫杨邪，我那群朋友都这么叫我，他们说我这人邪性。其实也是，我要是一心想干什么事儿，怎么也能弄得像那么回事儿。为了让余小曼踏踏实实进入我家户口本，平常在单位没事，我都在补文学知识，特别是余小曼嘴里那个不错的作家。上班看，下班看，睡前看，梦里也看……整个人跟中邪没啥区别。看了一段时间，真给我看出一点门道。

见我不说话，余小曼开始跑神。外边已经拆干净了，到处是大坑，各式各样的器械正在努力工作，丁零当啷的声音此起彼伏。她问我，你觉得老师这工作好吗？她这冷不丁一问，让我有点儿为难，我说，啥工作都不容易。她眼里有光了，对，啥工作都不容易，所以你爸才厉害，生活怎么也打不倒他。

我愣了一下神。

她接着说，小学老师看着轻松，但是现在的小孩儿都太难管了，打也打不得，骂也骂不得，有气得忍着，一群活祖宗。以后要是我的小孩儿敢这样，我怎么也得打一顿。她说话的样子，跟平时不一样，让我很自然地想到了卖猪肉的姑娘。我赶紧把话题转移到了我爸的故事。

神舟五号升空那个周末，我回家，我爸正在家里看重播的神舟五号着陆，他的左手还在怀里藏着，右手边搁着半盘花生米，手里还捻着几颗，没往嘴里扔。他看得出神，我坐在他旁边，感觉没啥好看的，吃了不少花生米。我爸问我，你知道你为啥叫杨侠不？我说，你不是说让我当大侠吗？我爸说，那不切实际，杨家英雄多的是，不缺你一个。我说，那你咋想的，给我取个这名儿。我爸说，要你接近侠，侠之大者，为国为民。我说，那不行，我没那本事。我爸说，你做小侠就行。我问，小侠啥概念。我爸说，小侠就是不管啥事儿都能扛住。我说，这行。我爸看着一个铁疙瘩从天上落下来，他说，大侠和小侠中间还有一层，是中侠。我说，爸，你可别哄我。他说，不会，中侠潇洒，像令狐冲。

说完，我爸让我进屋写作业，他继续看神舟五号着陆，看杨利伟坐着对他敬礼。他还不咋吃花生米，过一会儿，他把盘子端我屋了。他说，好好写作业，等你学成才了，结婚了，让我享福。我说，这必须的。说完，我一颗颗吃完了花生米，我记得那个时候我就数学好，估计跟花生米有关系。

那阵子我爸没事可做，伤筋动骨一百天，而且动的还是手指头，时间更久。他开始一门心思扑到机械修理上。因为之前给首长开车，学了不少修车技巧，又在二化和永磁干了几年，学了点修理手艺，他想开个修车铺，我家正好挨街，方便。说干他就开始干，从自行车入手，我家那辆凤凰二八大杠让他拆了几回，好好一辆车碎成一地零件，我妈跟他吵过两回，后来他又装了起来，还把小毛病给修好了，之后我妈就没说啥了。从给人补胎、打气开始，慢慢开始修摩托车、摩托三轮，后来开始修汽车，当时方圆十里之内，就我家一家修车的，我爸因为修车的时候头老歪着，他又多了个外号，叫老歪。当时一说修车的，没人不知道老歪。

余小曼盯着我脖子看，看得我挺别扭的。你瞅啥呢？我问。你脖子不歪吧？她问。我脖子歪啥？我爸脖子也不歪啊，可是要瞅车底，可不得歪着才能看见吗？说着，我还给她学了一下，她哧哧笑了起来。

余小曼平常住财小的教师宿舍，两人间，她的室友是一年级的语文老师。前一阵那个老师找了个男朋友，就搬出去住了，宿舍里空下一张床。有次我们从书店出来，去吃饭，我提议喝点，没啥，就图个高兴。她估计也心里不舒服，跟我死磕，没少喝。我遗传我爸，喝酒这方面还可以。那天吃完饭出来，已经晚上十一点多了。倒春寒，街上冷飕飕的，余小曼让我跟她一起回宿舍。余小曼不是处女，这点让我少了很多愧疚和担心，后来想到可能要结婚，又多了一点芥蒂，之后又一琢磨，这算个屁啊。

　　我拎着东西去了余小曼家里，她妈人不错，饭桌上给我夹这夹那，我根本来不及吃。她爸也爱喝点，问我能喝多少，我说差不多一斤。余小曼这个时候补充，他能喝，他爸也能喝，爷儿俩都藏量，邪着呢！她爸一听这，来劲了，说今天咋也得探探我的底。我也接着，说，叔，咱们今天敞开喝，我陪到底！结果没几杯下去，她爸就倒了，她妈一脸不高兴，我赶紧帮着把她爸扶到屋里。她妈嘴里碎碎念着，就爱喝个马尿，自己还没个底。转脸她又对我说，小杨，你也得少喝点，那东西没啥好处！我立马表态，姨，放心，不是非得要喝，我滴酒不沾！她妈一听，高兴了，对，陪领导的时候得喝，这关乎咱们的前程。我们三个又吃了一会儿，从她家出来，已经是下午了，外边吹着小风，刚刚喝完酒脸有点儿发烫，风一吹，还挺舒服。还没走多远，余小曼追过来，把那本还没有拆封的书塞到我手里。我愣了一下，这么快就涨到二百了？她笑了一下，不卖了，你拿着看吧！说完就跑回屋了。我看着手中的书，腰封上有行细小的红字：面对生活的围困，大声喊出自己的信仰。

　　堵街那阵子很忙，到处都有人结婚生孩子。我光彩礼就花出去好几千块，心里特别不舒服，想着啥时候和余小曼结婚，那些钱都得收回来。

　　我爸很需要钱，准确说是我很需要钱，那时候我得上高中了，学习不行，想去好的高中得交择校费，普通班一万五，重点班两万五。我爸专门跟我谈了谈，你还想上学吗？我一想，不上学我干啥，我还真啥都不会。就点了点头。那行，咱说好，这两万五我出，学不好，咱们走着瞧。说完他就出去了。我爸开始一家一家亲戚借，先是我小爹，再是我大姑。我小姑父那阵进局子里了，我爸没找我小姑。借了一圈，借回来一万二。我妈和我爸商量，要不然上普通班得了，我爸说，不行，砸锅卖铁也得上重点班。最后，我爸把修车铺兑出去了。那个时候，我知道了事情的严重性，邪性上头，玩命学，最后算是没白费劲。

　　我爸没了修车铺，想回永磁机械厂，结果厂里的生意也不行，一件还是两毛钱，都过几年了，那点儿钱养不住人，加上我爸左手不灵光，去了几天就不干了。我爸一寻思，找了堵街的包工头，那年我爸四十三，到工地开吊车，塔吊。吊车主要吊石板、钢筋和水泥，我爸干活细致，一直没出过事儿。后来有一天他发现一个问题，他不知不觉之间把自己的恐高给治好了。

　　余小曼去我家的时候，我妈表现得异常兴奋，这也好理解，我相亲这么多次，第一次把相亲对象带回家。我妈很喜欢余小曼，主要是喜欢余小曼的职业，小学教师，有编制，在她嘴里，这是最好的工作。余小曼说也不好干，小孩子难管，叽叽喳喳的，有时候也烦。我妈说没事，以后你俩生一个就好了。余小曼的脸唰一下就红了。我爸那天不在家，我妈也不知道他去哪儿了，打电话也不接，这是他的常态，不爱接电话，或者干脆出去不拿电话。这是他在吊车上养成的习惯，他要操作吊车，没手接电话，电话一响，特别烦，改成振动也不行，后来干脆不带了。我妈向余小曼解释，他爸就是这样一个人，邪得很！余小曼笑着说，他说过。杨侠这点和叔叔很像。我妈说，可别这么说，我最讨厌别人叫我儿子杨邪了，家里已经有一个老邪气我了，要是再出来一个小邪，我这日子算是没法过了。余小曼跟我妈一直聊到下午三四点，临出门，她问我，小说读了没。我说，读了，之前感觉和我小时候挺像，再读读，又发现不像。她说，这正常，小说主人公的爸没你爸厉害。我说，我倒是没想到我爸那儿。

　　估计是我真的摸到了讲故事的门，余小曼对我爸的故事越来越好奇，她说她想把这故事写成小说，像那本书一样，对一个时代进行一次总结。我说，我有故事，你有文笔，咱们两个凑一对，倒也合适。

施工队不是一个天天有活的地方，有活挣钱，没活就不挣钱，一年下来，我爸也就一百来天有活，除去吃喝拉撒，差不多在我高三那年才把账还完，修车铺没法再干了，因为那时堵街已经四五家修车铺了，没啥前途。只能开吊车，但是吊车也没开安稳。

堵街那一带要拆迁了，消息下来得很早，消息下来之后就不让盖房子了，特别是刚开始，管得很严，有人连夜盖，还没盖好就让推了。杀鸡儆猴的工作做得很好，施工队就再没接到过工程。没有工程，施工队也就解散了。我爸又失业了。那个时候我高三，正在备战高考，家里没人告诉我，都怕影响我。我爸总寻思着干点啥，有天晚上他看见有只孔明灯从火电厂飞出来，他突然知道自己该干啥了。很快，他就开始行动。我妈最初也不知道他要干啥，他找人编了一个很大的筐子，差不多能坐下三个成年人，自己找油布一点点缝，因为左手不灵光，缝得不快。我妈想帮忙，也不知道他要干啥，干着急。我高考结束的那天晚上，我爸把我叫进院子。我终于知道我为啥叫杨邪了，因为我爸是杨老邪。

我去余小曼宿舍的次数越来越多，每次都想着要和她商量结婚的事情，结果她还是不怎么说话，我就想着要不要先上车后买票，万一中了，一箭双雕。但余小曼很小心，提前吃了药。事情后来还是有了转机，倒不是说余小曼怀孕了，而是余小曼的爸出事儿了，肾衰竭。

余小曼给我打电话的时候，我正在看球，世界杯。大半夜给我打电话，脑子容易想歪，我话还没问出口，她就说话了，啥时候封户口，你有消息没？我说，还有俩仨月。她说，那咱们双方家长见一下吧，把这事儿办了。我赶紧说，我家这边啥时候都方便，我爸妈都没事。结果电话那边传来哭腔，我爸有事儿。那晚，我放弃了法国和比利时的半决赛，骑着我的小电车去了市第二人民医院。路过保安室，保安大叔也在看球，我递给他一根烟，看了一根烟的时间，所有人都在来回传球，这球也挺痛苦。

医生说余小曼的爸在找到合适的肾源之前只能通过血液透析来续命，一周三次，一次四百五。我安慰她说，看开点，能找到合适的肾的。余小曼没接话。你知道我为啥叫杨侠不？我爸说侠之大者，为国为民，但是我不行。我爸说我努力做小侠就行，不管啥事儿都得扛住。余小曼趴在我肩上哭了起来，我又不叫余小侠。

我家开了个会，我妈拍板儿说这婚能结，除掉老余家的医药费，咱们还是赚。我爸问我的意见，我说余小曼扛不住，我扛住呗。我爸当晚跟我喝了一顿酒，他没喝过我，倒了。

高考完等成绩那阵儿，我帮着我爸在火电厂的银行对面摆了个摊儿，把热气球吹起来，挣小孩儿的钱。这东西在外边一点都不稀罕，在堵街，可真是个稀罕东西。一群又一群的孩子上去。一个孩子收十五，三天之后变成二十。大概一个月之后，小孩子的兴趣都过去了，大人们开始迷这东西了，大人三十。为了防止气球飞上去失去控制，我爸在筐子上拴了一根绳，两根手指那么粗，十来米，用石碳压着。飞上去之后，扽直了，待个一阵儿，我爸就慢慢关火，我慢慢拉下来。一个夏天，我们挣了两万多。不过这属于一次性活儿，之后再干的，铁定不挣钱。

　　我和余小曼去领证那天天气不错，天空像是添了漂蓝剂一样，蓝得很纯粹，一片云都没有。阳光很好，好得有点儿不真实。余小曼一路上很紧张，坐在我旁边，两只手握在一起，指节有点儿发白。我妈之前给了她妈一笔钱，给她爸透析，之后找到合适的肾了，手术费用也是我们家出，其实那笔钱是我存了好几年的工资，拆迁款还没下来。我说，都别紧张，我也第一次结婚。她转过来看着我，问我，你说我爸能好不？我说，医生不是说了吗，坚持做透析，等到换肾，这病能治，钱的事儿不用担心，等我家拆了，绝对够。余小曼往我身边坐了坐。

　　结婚证拿回家之后，我爸很高兴，想喝点儿，我拦住了，说，不年轻了，我也结婚了，你就想干啥干啥去吧，酒少喝点儿，你看老余，肾都坏了。我爸晃神了，掏出一根烟给我，问我最近有啥球赛没。我说，你啥时候喜欢看球了？他说，我不喜欢，一群人抢一个球有啥意思。我想到那边去看看。我朝着他看的方向望过去，是东边。我说，去呗，带着我妈，你们旅游去。他看了看我，说我自己去，你妈事儿多。我说，那行，你只要能说得过我妈就行。我爸说，你得帮我兜着，咱们亲爷儿俩，我才跟你说这事儿的。我问，爸，你不会外边有人了吧？我爸照着我脑袋打了一巴掌，我笑着跑了出去。

几家欢笑几家愁，余小曼很担心她爸，所以我们办婚礼这事儿一直拖着，我虽然急着收回我的彩礼钱，但是知道事情的轻重缓急。我经常跟她一块儿去医院，等老余透析，老陈也来过几次医院，看老余。老陈问我啥时候结婚，我说领完证了，婚礼啥时候办都行。老陈说你小子行，算半个儿。

我妈老偷偷问我爸的事儿，问他是不是不正经，外边有人了。我说，没这事儿。我妈说，他老鬼鬼祟祟的。我说，没事儿，你要是闲，去帮帮老余家。我妈说，一窝黄鼠狼。我说，我帮你盯着他总行了吧。我妈说，我信不过你们爷儿俩，我自己盯着。

之后的一星期，我妈一直在我面前念叨我爸外边有人了，他总是买东买西的，买的东西也不带回家，还把之前热气球的火枪拿走了。我问，他都买的啥？我妈乱七八糟说了一通，绳子、帆布、铁条……我说，你见过谁外边有人买这些。我也猜不出来我爸想干啥，也没空猜，因为离拆迁的日子越来越近了，拆迁协议却还没有签。我听到些风声，但是这是大事，大事小风吹不动。

平常我还看球，但是越看越烦，一群人围着个球，就是踢不进去。我想起来余小曼给我的那本书，小说读了几遍了，最后没留下啥印象，我爸的故事倒一直在脑子里乱晃。我专门上网查了查，这书网上又有货了，二十一块七，上次没卖，余小曼亏了。和我家热气球一样，之后也有干这行的，不挣钱。一家不做生意，就会有下一家；书价钱炒得高了，就会再版，这是市场规律。我下楼到院里，找之前我爸做的那个热气球，找了一圈没找见，想起我妈之前说，我爸拿走了。他拿这干啥？绳子、帆布、铁条，天天不着家，拿走了火枪……我一阵寒战，我爸又造了一个热气球？他不就是想出去玩吗，造热气球干啥？

我到处找我爸，怎么也找不到，打电话也打不通。我问我妈有没有见我爸，我妈还在气头上，说你爸死了。我没接话，接着出去找。大概下午四点钟，我爸给我打了个电话。

"爸，你在哪儿呢？"

"火电厂东边的广场上呢，你来的时候给我捎六十块面包和三十块钱的水，面包买袋装的，水买一块钱一瓶的。"

"你要这干啥？"

"别管了，也别跟你妈说。"

　　我知道了，我爸要出去，他那个时候指的不是东边，是天上。我爸还是想当杨利伟那样的人，最次也得是令狐冲。

　　火电厂东边的广场很少有人去，因为正好在冷却塔下边，落了厚厚一层灰，大风天这边不敢站人。我爸就在广场旁边的凳子上坐着。我拎着东西过去，拿出一个雪糕给他，他接过去，很快就吃完了。他说，走，儿子，带你看看你爸的杰作。我说，爸，我一直以为你的杰作是我。他回头看我一眼，说，你是啊，要不说儿子懂爸呢。我问，非得去？他说，你记得杨利伟不？我说，忘不了。他说，你爸也姓杨。我说，我也姓杨。姓杨的英雄多了去了，不缺你一个，更不缺我。

　　我爸没接茬儿，往前边继续走。我拎着东西在后边跟着，绕过冷却塔，在红白烟囱下边堆着一个热气球。我爸把两桶汽油拎进包了铁边的篮子，又让我把水和面包给他，我把兜里的钱全拿出来，有三百多，递给他，他没接，说不用。我爸说，这个时候地面风最小，你再瞅瞅烟囱上的烟。我抬头看，烟往西飘。他接着说，风往西吹，顺着这风，我很快就能到想去的地方。火枪吐火，气球慢慢鼓起来。我问，你想去哪儿？他没回话。我仰头往上看，这红白烟囱真像火箭，只是没有发射井，只有一排往上爬的铁梯。我爸说，儿子，给你爸倒个数呗。我说，你火都点了，我倒数啥？我爸说，是个意思啊。

"十、九、八、七、六、五、四、三、二、一，走吧！"我开始鼓掌，发自肺腑地鼓掌。我爸听见了，朝我挥了挥手。

"扑通"一声，地上烟尘四起，我弯腰捡起来，是我爸的手机。他顺着烟囱越飞越高，也不看我了，抬头看着方向，真像那么回事儿。筐子上没拴绳，他真走了。杨利伟回地球那天，他跟我说，等我结婚了，他就自由了，想干啥干啥。我答应他了，不能拦着。

我电话响了，是老陈。老陈跟我说，你看火电厂那边，起来一个大气球。我说看见了。他说那个比你家的大啊。我说，要飞上天的，能不大吗？他说，因为这个我差点儿忘了正事儿。我问，啥事儿？他说，我听说你们那儿的开发商好像出事儿了。我说，别闹，现在就差签字了。他说，不是，我听人说你们那儿封户之前进的人太多了，帮着兜底的人兜不住了，跑了，顺便把开发商也吓跑了。火电厂旁边的电线声音很响，听得我脑子嗡嗡的。我说，老陈，你可别坑我。那边老陈抬高语调，小侠，你说我啥时候坑过你，我这是给你透风，让你做好思想准备。我说，再说吧。随即挂了电话。我赶紧给我市里的朋友打了电话，他说是跑了个人，估计还会有人跑。我说，别估计啊。他说，跑定了。

坐在板凳上，我抬头看看天，有点儿黑了，我爸的热气球越飘越高，亮堂堂的，就像孔明灯。我朝着热气球使

劲挥手，我估计我爸能看见，他估计会向我挥手，我看不
见。

　　我决定今晚不回家了，去找余小曼，有关我爸的故事，
我一直没讲完，现在这故事可以结尾了。按她之前的想法，
由她执笔，这小说说不定也能畅销。还没走出广场，余小
曼的电话就打来了，她声音颤抖，很激动。

　　"杨邪，我爸匹配到合适的肾了。"

　　"好事儿。"

　　"杨邪，你是侠，你爸也是。"

　　"扯远了。"

　　我挂了电话，学我爸，把手机扔了出去，"扑通"一
声，烟尘四起。我把外边的衬衣脱了，就穿一个背心走向
了烟囱，红白相间的烟囱直冲云霄，更往上是我爸的热气
球，它已经往西边飘了。我收回目光，顺着铁梯看过去，
铁梯看不到尽头。

第三辑　柳子虔历险记

一个人无论如何都不能看海

首

　　很长一段时间里，我都在重复着一个梦。梦里总是出现一个会画画的女人，只是我从来没有看清过她的样子。就这样迷迷糊糊地持续了很久。最后我确定，我一定是爱上了某个女人，所以她的背影才会反反复复出现在我的梦里。一时间，我像是回到了二十岁，重新燃起了对爱情的渴望。经过一番记忆搜寻，近几年还与我保持联系的女人只有那么几个了。但是她们无一例外都不是单身，如果不巧爱上了她们其中的一个，万一挖墙脚不成功，我保证我得单身一辈子。人品都败坏了，不单身还想怎样？想到这里，关于爱情的渴望就像是突然遇到了台风，浇得一身湿，而且透心凉。顺着这个思路想下去，万一我爱上了多年前的某个女人呢？记忆开始无休止地绕圈，绕来绕去，绕回了梦本身。

(A)

九月份的临海，空气中的咸腥味才稍稍少一点儿，湿润黏腻的感觉也少了一分。午后的阳光明媚，直接穿过葱葱的榕树和彩色的玻璃窗打在我的脸上。温度慢慢上升，暑气也跟着慢慢上升。在午后看书，总是容易打盹儿，我趴在桌子上，洗得发白的水蓝色桌布已经被胳膊压得皱巴巴的了，上面的书动了动，大摞的书也跟着晃了一下，慢慢朝着两边倒。眼睛还没有睁开，彩色的阳光已经映入眼帘，我仿佛看见了自己的血管以及里面缓缓流动的血液。这时有一个黑影闪过。确实是闪过，闪一下就没有了。我睁开眼，阳光依旧刺眼，但只有几缕。我艰难地转过头，眼睛在闭上的一瞬间，一个黑影闪过。我很少看见走得那样快的人。待我坐起来，她已经走到了后门，搬着一个画画用的架子，身后背着方正的画板，手臂上还挎着一个蓝色的帆布袋子。我应该是出现了幻觉，因为她走得很慢。但是当我走到后门去观望时，长长的走廊里吹来一股凉风，空空荡荡。除了极少数像我一样的外乡人，周末的学校里基本不会有人。像我一样躲在教室里看书的，更是只有我一个。她是谁？我顺着长长的走廊走过去，一间间教室排查，一无所获。其实也可以推断出来，因为没有一间教室是用来画画的。走出教室，燥热而潮湿的风吹来，刚刚消下去的汗，又有露头的迹象。

走廊尽头的大榕树枝繁叶茂，树下的土壤微微潮湿，上面有一排浅浅的脚印。我顺着脚印走到榕树后面，她已经架好架子摆上了画板，从袋子中拿出画布、调色板以及画笔。我坐在榕树下的石凳上，潮气从石凳往骨子里钻。作为一个河南人，来到浙江上学，潮湿可能是最无法忍受的。她似乎知道我的存在，可是也不回头看我，只是静静地看着远方的海。有时风会带来海潮的声音，她的画笔甚至会送来海的味道。她到底在画些什么？我走上前去看，却发现画布上空空的，只是看见她手中的画刀来回翻飞。我看见了一片海，不是在画板上，而是在心中，一片红色的海，泛着微微的光，甚至里面会有鱼儿游动。波光粼粼，平静得不像海，却又让我深信不疑，那就是海。这一切平静下来，画画的女人已经收起了画板。

"侬喜欢看海吗？"那是一口纯正的临海方言，我听不太懂，只是一直不停地摇头。

"你喜欢看海吗？"这是一句极为努力说出来的普通话。

"还行。"我说。

"那看海悖论知道吗？"

"什么悖论？"

"一个人无论如何都不能看海。再会。"

她刚刚说完，就走了。这时我面对着遥远的海，才发

现她是背对着我说话的。上网查了查看海悖论，什么也没
有找到。

(B)

　　你可能发现了，这是发生在我高中时的场景。但是我
非常肯定那是梦，因为我确实在河南读的高中，只不过因
为工作来了临海。我去探访过，离海比较近的高中是真的
存在的，因为我曾去那里拍过戏。这一切只不过是证明了
梦确实是记忆的扭曲。我还是来到了这个学校，校长认识
我。八月份的学校还在放假，校长也只不过是恰巧回来整
理材料。他不知道我这个三流导演是来这里寻梦的，他带
着我走到了之前拍摄《东欧》的教学楼。确实和梦里的教
学楼有点儿相似，至少彩色的玻璃窗和大榕树都是吻合的。
只是教学楼是八角楼，像蜂窝一样彼此排列着。没有长长
的走廊，走廊弯弯曲曲的，校长打开了灯，走廊才显出全
貌。墙壁上全是画，显然走廊上的灯是特意安装的，所有
灯光都静静地衬托着墙壁上的画，却又不会喧宾夺主。我
确定之前来拍摄时，这里还没有这样的设计。校长也对此
感到自豪，甚至有点儿沾沾自喜。我被画吸引了，因为画
中出现了红色的海。

　　"张校长，你有没有听过看海悖论?"

　　"听过，这是临海这边的一个小故事。大致意思就是一

个人不要去看海，否则海会变成红色的。"

"那悖论是什么？"

"生活开始无意义地无限循环。"说完他就笑了起来。这一幕我无比熟悉，像之前发生过一样。在拍《东欧》之前，我上网查过这种类似穿越的感觉，叫记忆幻觉。听起来很科幻，人的记忆可能会根据以往的经验进行预测，从而让人产生短暂的预测未来的错觉。而这一切都来自掌管人的记忆的海马体。以现在的科学技术还不能科学地分析出原因。想了这么多科学的解释之后，我接着他的那句话无限循环想了下去。如果生活一不小心开始循环起来，那我该怎么办？这时我突然意识到"看海悖论"的悖论原来在这里，时间永远是线性的，不会转弯，于是没有循环。

我的视线重新回到墙壁上，红色的海，甚至连鱼都因为海水的颜色而变化。我不明白这是画技的不成熟还是作者有意为之。壁画随着墙壁弯弯曲曲地向前进，竟然没有一丝中断的感觉，我不禁开始感慨作者的画工卓越，之前的疑虑一扫而空。壁画的尽头连着大榕树，走廊的尽头真的有株大榕树，只不过被一扇玻璃门挡着。我从门里看到了自己的样子，虽然不清晰，但也凑合。我看到的是一张无比陌生的脸，一时间我又陷入了时间的悖论里，时间是不是线性的？我又是不是我呢？

"柳导，要不要把门打开？"校长的提问打断了我的思考。

"好，外边是不是可以看到海？"

"那得上到楼上去，离海还有一段距离。"

他掏出钥匙开了门，一股咸腥味扑面而来，这种咸腥味不像超市里海产区的咸腥味那么惹人厌，甚至还有一点儿好闻。细细分辨，会发现其中混有榕树的味道。地面有些潮湿，杂乱无章的脚印让我确定这个假期确实有人在这里待了很长时间。绕着榕树走过去，有个女人在作画。我有点儿迷糊了，难道我还在做梦？

还好，张校长帮我证明了，这是现实而不是梦。

"那是我们学校的美术老师，这些壁画都出自她的手，是个了不起的青年画家。她跟您一样，也是河南人。河南真是出艺术家的地方啊！"

听见有人说话，她回过头，我一眼认出了她。她是我的高中同学，杨桦。人生有时候就是这么扯淡。

"你是杨桦？"

离开了学校，我跟杨桦去了餐厅，点完餐她问我现在在做些什么，我说在剪片子，前些日子拍了《东欧》但总是不满意。她问我《东欧》讲了些什么。我想了一下，开始说起这部自传性的电影。

(C)

东欧是我大学时的师兄，算起来也是带我进入影视圈的人。说起我跟他的故事，得从大一军训时说起。同样是一个九月，阳光和雨水共存的时节。海边的阳光格外考验人，我本来不算黑的皮肤几天下来已经加深了一个色号。就在这个时候，教官说塞一个人到我旁边。军训已经进行了几天，突然加个人进来，自然会让人产生很多疑问。好在东欧那张嘴没给他丢脸，不到一天的时间，几乎所有人都知道了他去年因为跳墙出去上网被勒令回炉的事。他也不以此为耻，反倒靠着师兄的名头趁着休息的时间往女生堆里凑。按照之后我的女朋友林木木的说法，东欧这种做法就是臭不要脸。

　　我与东欧是这么认识的，可是真正混熟是在大一下学期。东欧除了在网吧上网，就是在图书馆看书，从不去上课。这样分裂的配置，估计再好的"显示屏"也会被弄坏。"显示屏"是东欧给所有上课的老师起的绰号，他们只会照本宣科。按东欧的说法，他宁愿自己去问书本，也不愿意在课堂上浪费时间。之后，东欧开始写小说、写诗歌。我一度认为东欧可能是一个被埋没的文学家，可是当我看见他拿着打印好的几十封情书挨个给女生之后，我终于明白，这个叫"东欧"的东西就是一个人形交配器。直到他到图书馆的阅览室找到正在写小说的我。

　　"你会写剧本吗？价钱不高，四千块钱干不干？最快多长时间出？一个星期行不行？"从头至尾，他没有给我说话的机会，而我冲着那四千块钱，就跟着他去见了比我还三流的导演。之后，我顺利成为编剧，又自我努力了一下，抓住了几个人傻钱多的投资人，拍了两部片子，虽然没有赚多少钱，但是没有赔钱已经让投资人感恩戴德。直到毕业之后，进修电影，一失足成千古恨。

我在外厮杀的时候，后院失火，东欧挖了我的墙脚。林木木就这样从我的女朋友变成了他的女朋友。我也就与这对狗男女断了联系。电影正是从这个时候开始的，之前都属于故事背景。

林木木给我打了个电话，这通电话是我被分手之后的四年中的第一通电话。她一出声，我就挂了电话。之后再打过来，我也都挂断了。然后她给我发了一条短信，可以说是大快人心。

"子虔，东欧死了，他走之前嘱托你把他带回临海。"

在我与东欧好到穿一条裤子的那段日子里，东欧告诉我，如果他哪天意外死亡了，就由我把他运回临海。之所以说运，是因为他不想变成骨灰。一语成谶，他果真早死了。于是整个电影就从回忆和运尸这两条线讲起。回忆很简单，就是我怎么和东欧好到穿一条裤子的，其中包括我帮他在剧组约漂亮演员，他帮我联系各种投资人。还就这些为人所不齿的事情发表自己的看法：影视圈里，凡是最后闹掰的，都不是因为艺术，而是因为分赃不均。这句话被我扩大到了整个文艺圈，电影第一次送审的时候，这句话被点名批评了。运尸这条线就复杂多了，要知道，把一个已经死掉的人,从北方运到潮湿的南方,而且还不被发现,这样的难度确实很大。一路上租冰棺,太明显,后来换冰柜,接着躲避高速上的警察和岗哨。好不容易把尸体运回了临海,结果他家里人非得给他火化了,又盗尸,最后找个没人的地方,像抛尸一般把他给埋了。故事到了这里本该告一段落了,我突然觉得不解气,挖开坟,倒上一桶油,把他给烧了。

(D)

我和杨桦聊到很晚,她说想去看看海。我又想起了看海悖论,她笑着说,看海悖论的前提是一个人看海,现在是两个人。从餐厅出来,一直往东走,走了将近一个小时,绕了好几道弯才看见海的全貌。这是一个小海湾,杨桦带我走上沙滩,脚下的沙子很细很软。海滩上一个人也没有,除了海水起伏的潮声,再无其他声音。她跑了起来,欢快地跳着,那种活泼的样子让我想起了林木木。电影的结尾,柳子虔把东欧给烧了,而实际上,烧东欧的是林木木,而且自己也跳了进去。我不知道他们两个有没有化蝶,从内心里我是拒绝这样的场景的,因为如果西门庆和潘金莲合葬化蝶的话,生活的诗意真的是喂了狗。

我与杨桦只是非常普通的高中同学,就是那种高中三年也说不上几句话的关系。后来她学了艺术,大段时间泡在外边的画室里。而我，整天翻墙去网吧码字。这样的两个人，确实不应该有交集，因为我白天都在瞌睡。然后我们在一千多公里外的一个小城市的中学里遇见了。说实话，我码字的网吧，距离她画画的画室不到一公里，我肯定，其间我们从来没有遇见过。

杨桦估计是跑累了，站在那边叫我。我走过去，她正坐在一块石头上休息，鬓发因为出汗粘在了一起，风也吹不动，她伸手去理鬓发，理完伸出手给我，我很自然地拉她起来。也许是因为过于自然，我的手与她的手接触的那一刻，我们瞬间变成了凶猛的动物，只在对方身上找到兽的本能。还好，那块石头足够平整；还好，九月的海边并不冷。

之后，我多次来到这所高中，我多次看了正片中关于这个学校的部分，感觉缺了那些壁画，似乎就不完整。我不顾投资方的反对，决定重拍这个部分。于是我开始忙碌起来，联系演员回来补拍镜头；找不到摄像，只好厚着脸皮自己来；花点钱找了便宜的灯光顺便兼职现场收音；最后还差一个女主角的背影，找了杨桦……我从没有发现自己有这样的行动力。到了周六，我带着几个人，开着两辆车来到了学校。学校大门口挂着一个红底白字的大条幅——"欢迎著名导演柳子虔莅临我校取景"，下面还放着一块我的简历牌，不少人正围着看。张校长正得意扬扬地等着我下车，让我不知所措。张校长一定是我的黑粉，我在娱乐圈估计是混不下去了。带这么业余的团队来，万一传出去，我还能保住饭碗？我的内心经过了几番混战，决定坦然面对。下车，走上前，握住张校长的手，低声对他说：

"我们拍摄必须清场，这是重要剧情，一定不能剧透！"

"懂懂懂！"张校长点头如捣蒜。

我为我的机智感到无比自豪，接下来的拍摄果然没有一点问题。

(C)

演东欧的演员艺名叫西城，我有时候真的纳闷，这是害怕别人不知道他是西城区的？因为整部电影的投资特别小，熟悉的面孔肯定是一个都没有。不过，西城的敬业态度倒是令我刮目相看。我给他打电话说要补拍一些镜头，他竟然欣然答应，我甚至只花了两张车票钱，酒店都是他自己订的。这给我带来的惊讶，甚至比东欧再次活过来更大。

我们一行人来到走廊，本就不宽敞的走廊，现在显得有些拥挤。架好灯，铺好轨道，演员就位，杨桦暂时兼职场记，一切就正常开始了。

九月份的临海，暑气已经消了一半，湿气却完完整整地保存着。风吹过来，带来海边的咸腥味，也带来了水汽。

来自北京的西城并没有完全适应这里的环境。他不停地打喷嚏，导致整个拍摄不能顺利地进行下去。其实之前也出现过这个情况，来到临海之后的第四天，他才适应。如今，我安排的拍摄时间只有三天，毕竟是补拍，不能拍太久，在学校只有两天时间。过了一会儿，他终于停了下来，可是十几个喷嚏下去，他的鼻子早已通红，像是动画版电影《梁山伯与祝英台》中的马文才，看着非常搞笑。我突然来了灵感，就要他用这个造型拍。于是画面中出现了这样一幕：红鼻子的东欧看着墙壁上红色的海，随着他脚步的移动，镜头定格于站在玻璃门前的林木木身上。原本非常好的长镜头，结果让玻璃门上的四个鲜明的红彤彤的大字给破坏了——小心玻璃，又气又好笑。这让我想起林木木给我讲的一个笑话。发生在她初中时期，那个时候的学生学习刻苦，去食堂吃饭都是跑着去的。有一个男生为了显示自己跑得很快，拼命地往食堂跑，他确实跑了第一名，可是他没有看见新换的玻璃门，直接冲了过去，玻璃碎了一地。很奇怪，那个男生却没事。之后，学校的玻璃上都贴上了四个大字——小心玻璃！至今我还能记起林木木讲这个笑话时的语气和笑声，有些嘲讽也有些得意。眼镜背后的眼睛已经笑成了一条缝，我曾用花枝乱颤形容她的神态，我一度认为，这是我运用得最成功的形容词。如今我看见了杨桦，她笑起来的神态竟然和林木木一模一样，我开始怀疑自己的眼睛，摘下眼镜，擦了擦，再看，果然已经不像了。可是，这时正在和杨桦聊天的西城，像极了东欧。

东欧生前有三大爱好：抽烟，喝酒，泡女人。最后甚至泡到了林木木，我不明白这个过程，当然也不明白林木木为什么会瞎了眼。其实我最大的不明白在于我最终为什么会跑几千公里，把东欧的遗体弄回临海。而且，我自此便在临海定居。再说回东欧，他说他从初中时就开始抽烟了，喝酒几乎是同时发生的事情。他那个时候把兄弟义气放在首位，直到大学毕业之后依然是那样。我不想描述他的优点，因为这会让我背上更深的心理负罪感。

拍摄还得继续，我找校长协商了一下，暂时揭掉了"小心玻璃"这四个字，但是玻璃上还是留下了印记，短时间除不掉。我实在不想放弃这个镜头，因为通过玻璃那一点反光，可以拍出杨桦模糊的脸，意境一下子就出来了。最终没有办法，只能通过镜头来规避这些细节。于是有了下面这个长镜头：有些微醺的东欧红着鼻子，不时摸摸自己的鼻子。摇摇晃晃地扶着墙壁走，他仔细看了看壁画，又晃了晃脑袋，说了一句话："完了，喝蒙了，海水都变成红酒了。"顺着墙壁走过去，突然出现一道天光，光的尽头有一个身着白衣的女人……但是必须承认其中的不完美，因为那个规避，让原本运动的长镜头出现了微微的摆动，这对于行家来说，还是可以一眼看出来的。

出了走廊，外边的天开始阴下来，据天气预报说，台风快来了。预计是后天，在临海待得久了就会知道，台风来得一点儿规矩都没有，明明是"做客"，后来成了"霸占"。杨桦提出来拍阴天的大榕树，这是一个不错的建议。我让她拿出画板，并站着画画，而东欧变成了之前的我。很快，风大了起来，咸腥味越来越重，天空中的云也不断堆积，很快天就完全黑了下来。这有点儿像河南夏季的强对流天气，明明是白天，却黑得像夜一样。然后随着一道犀利的闪电，大雨倾盆而下。我很感谢我找的灯光兄弟，他简直全能，在电光火花之间，他想到了完美的架灯方案，加上所有人一起动手，在那道灭世一般的闪电来临之前，一切已经准备好，东欧站在榕树下抽烟，这像是时间的穿越，东欧回到了初中时代，躲在榕树后学着抽烟。一道闪电下来，时间回到现在，榕树后的林木木在飞速地画画。这一棵象征着时间的大榕树，究竟埋葬了多少时光？

　　如果故事的开头很完美，那故事的结尾一定不会太好。这是《东欧》告诉我的哲理，说这是哲理，显得我有点儿不要脸。但是用东欧的话来说，脸面这种东西牵绊中国人太久了，死要面子活受罪，这句话一定是一个惊世骇俗的人说出来的。我没有考证过，可是我知道这是有道理的。因为大雨提前到来，而我的机器上并没有防雨罩，机器进水了。这在某种程度上比脑子进水要更难受一点。这台RED真的是我为数不多的固定资产！关键是，没了机器，下面我拿什么拍？结果还是西城出来救场，像是以前的东欧，他总能帮我解决困难。这种感觉真的很奇怪。西城拿出了自己的 5D4，我也想不明白一个演员为什么要随身带着相机！有时候你很难理解你被什么人拯救，被你最讨厌的人拯救了，这种感觉里有一丝庆幸，但是更多的是别扭，或者难受。我不讨厌西城，讨厌的是他像东欧的那种感觉。

　　我并不想补拍太多镜头，因为如果跟正片对不上，估计我以后再没有活路了。我决定改了电影的名字，不叫《东欧》了，叫《柳子虔历险记》。我的生活确实充满了艰难险阻，总有一段日子，我会忘了我是谁。

(B)

　　如果你可以读懂我，那你一定知道了故事的走向。杨桦跟着西城去了北京。不知为何，这次我并没有恨谁，就像早就知道了这样的结局。这让我想起我更早之前的梦。我梦里有一片望不见边际的湖泊，之所以不是海，是因为我的意识很坚定，那是湖泊。我到底是什么时候接触到看海悖论的？难道我听东欧说过？我确定，没有。记忆无限往回倒，依旧没有找到源头。再次回到湖泊，红色的湖水波光粼粼，夕阳西下，划船的渔人不停地唱：

　　"绝不轮回，绝不轮回。开始总是终结，不倒退。"

　　我再次来到高中时，已经是深秋。临海和北方不同，虽然有落叶，但并不像北方那般肃杀，一点希望都不给。张校长突然伤感，从一叶知秋开始讲起，讲到了他悲戚的一生。他说，生命就是无意义的循环。他说话时，眼睛始终盯着白瓷鱼缸里的两条鱼，一黑一白，他叫它们太极。他不停地投递鱼食，有那么一瞬间，我觉得我自己也像鱼，一黑一白，名叫太极。我震惊于他的话，想要深挖他的故事，他却没有给我机会。我们再次来到了无人的走廊。不知为何，已经是深秋，可是海的味道还是那样，甚至湿气也并未减少，我感受到一丝燥热。张校长说他又招了一个美术老师，她也喜欢站在榕树后画海。我发现墙壁上的壁画已经被厚厚的白灰覆盖，墙角的边角料还没有来得及收拾。我有些不理解，但是张校长也并未解释。我们走得异常快，玻璃门上"小心玻璃"的字样已经不见，甚至一点儿痕迹都没有了，现在这是一扇完美的玻璃门。穿过门，我发现榕树一些叶子有泛黄的迹象，微风吹过，海的气味又跟着微风拂来，顺便带来了寒冷。榕树后的女子并不是一袭长裙，而是厚实的羽绒服。她画的是水彩，不是油画。她停下笔，转过身与我握手。她长得很普通，或者说是很大众，融入人堆里，我甚至不能把她找出来。然而我却从她身上读出了生活的味道。

"我很久没有看到过杨柳了。"我看着她的画说，海边种满了杨树，在杨树林里种着一株大柳树。我从未见过这样不合理的画。

"那你或许忘了你自己姓柳了。"

"这个忘不了。"

"你的海根本没有海岸。"

"你说什么？"

(A)

聪明的你一定又明白了，我是在做梦没错了。可是有件事不是梦，杨桦真的跟西城去了西城。

《柳子虔历险记》准备上映的时候又换回了原来的名字。投资人通知我去郑州来一次路演，好混到一些政府的财政支持，也为我在河南地区攒下一点点名气。投资人拿出几十万请了好几位影视圈的大人物，我这才想起，我整部电影的投资也不过三百万多一点，当初为了加一两万就恨不得与投资人打起来，现在他们花起钱来又不像自己的钱一样。到底是商人，在宣传和包装上从来不吝啬。其中一位投资人以长者的身份给我上了一课。我觉得无所谓，这年头谁出钱谁就是大爷，我也趁机回了趟家。我回家的消息不胫而走，曾经因为我跳墙出去上网把我拎到国旗台上全校通报批评的班主任，不知从哪里拿到了我的电话号码，疯狂邀请我回高中看看。

路演很成功，成功到哪个地步呢？整个电影拿下了五十万的财政支持，最后到我手中的有十万。我拿出五万打给了我妈，剩下的五万给了后期，再做一次调色。我对这部电影很看重，并不是看重电影的内容，而是看重电影的内核——你的生活或许像我的生活一样扯淡。投资人已经拿着电影参了赛，走正规院线，我这部文艺片中的战斗鸡估计一颗蛋也下不出来。我想起电影的结局，"我"烧了东欧之后，一个人穿越树林来到了海边。那是一个五分钟的长镜头，以"我"的第一视角穿越层层树林、荆棘，一步步去看海：海水起起伏伏，风声从耳边轻轻滑过，浪花扑起的泡沫刹那间消散。"我"慢慢倒在沙滩上，慢慢闭上眼，海水没过我的脸，打湿我的衣服，像埋葬所有人一样把我掩埋。最后那个全景，是我用航拍自己拍的，拍完我就觉得，我这样的天才就该去当摄影师！

那个曾经拎我上国旗台的班主任没有出现，出现的是我并不认识的校长。校园里的白玉兰还是老样子，花已经泛黄枯萎，一片片油亮亮的叶子弯成一条条独木舟。树根盘错，有的长势太猛，穿破了水泥路面，冒出青筋。我的眼睛顺着时光走，一直走到了一个同样阳光明媚的下午：

九月出头，未见秋凉，阳光穿过白玉兰，越过教室的彩色玻璃打在我脸上。我刚刚从成山的桌子堆中找到自己的桌子。午后的阳光让人困乏，水蓝色的桌布套好、铺平，成堆的书用书立夹好、摆正。完事之后，我就伏在桌子上，外边什么动静都没有，甚至连一声鸟叫都没有。正值周日，校园里只有零零星星的住校生。走廊里还堆着成山的桌子，偶尔会有人在里面翻找，找到自己的搬回教室。我快睡着了，头枕着自己的胳膊，快睡着时，胳膊已经开始麻了，换个胳膊，再睡。我的脸朝着南边的阳光，偶尔有人经过，像滑过一个黑影。我眯眼看看，再闭上。窗外鸣起了蝉，很烦人。我试着在教室外的白玉兰树干上找到烦人的蝉，顺着树干，我看见有个女生走了过来，她的步伐不算快，移动的速度却超越了常人。她转了弯，从我的视野里消失。换一个面，看着门口，她又出现了，我看清了她的模样：微圆的脸庞，来回摆动的刘海儿和马尾，刘海儿下面有一双明亮的眸子，配着一副粉红透明框眼镜，微微翘起的嘴角以及露出一点的虎牙。她闪过前门，又经过后门，脚步声越来越远。

　　那人是谁，已经不重要了，我又坐在了课桌旁，看着黑色的黑板，白色的粉笔字已经变色、泛黄，像是化石一般埋在记忆里。我突然觉得电影还是叫《柳子虔历险记》好一点，因为我的生活确实像是在历险。校长室的茶台中镶嵌着一个玻璃鱼缸，鱼缸下还有一个青瓷鱼缸，里面只有一黑一白两条鱼，两个鱼缸形成了循环，水不断在小水泵的帮助下交换。校长给我倒茶，见我对这对鱼感兴趣，就叫我取名。我笑着说："太极。"校长小声嘀咕了一声："也可以叫麦比乌斯。"

　　离开学校，往西走，听见两个附近的大学生对话：

　　"侬喜欢看海吗？"那是一口纯正的临海方言，对面的男生听不太懂，只是不停地摇头。

　　"你喜欢看海吗？"这是一句极为努力说出的普通话。

"没有看过。"

"那你一定没有见过红色的海。"

尾

办完事情，回家睡了两天。我已经不习惯北方的干燥了，甚至不能适应没有咸腥味的海风。我再次来到临海，然后又开始固定地只做一个梦。这次不再是画画的女人，而是一片一望无际的海。然后是东欧，东欧掉入海里，和林木木一起。他高喊着："柳子虔，你要成为著名的导演，把我们之间的扯淡故事讲出来。"然后他开始搂着林木木游向远方。我的视角开始上升，变成航拍器，变成更高的上帝。东欧在海里越来越小，最后消失不见。我在想，海到底有没有边？不用想，是有的。那生活之海也应该有边，我游累了也可以趴在海岸上喘口气。可怕的是，在我的梦里，这片海却什么都没有，除了望不见边际的红。

令人绝望的事情永远不止一件。我可以一个人去看海，看海水扑打我的脚背、裤脚、身体和思想。对往前走这件事，我像是走进了死胡同，这样说其实不恰当。我更像是一只在麦比乌斯环上爬行的蚂蚁，我永远站在自己的对立面，又永远跟自己处在一个平面。站在海边，我想起东欧给我写过一封遗书，是一首诗。那时，我先是啐了一口，又骂了一句："这个狗×竟然还会写诗。"

也许真的是日子过得太久了，久到我已经忘了，东欧本来就是一个诗人。

彼　岸

东　欧

我一直相信门背后有两个我

一个在明天，另一个在后天

他们不停往前走

遇见弯就转，陌生和循环相伴

我确信我的背后有一扇门

门背后有两个世界，一个里面一个我

倒映或是重复，或是更加绝望地循环

一定有一条环形公路

围绕着红色的海

一个我住在海边小屋，门口有株榕树

一个我住在内陆闹市，身旁总有个校长

他们在环形公路上徘徊，而后相遇

他们都说不要一个人看海

他们推开门，背后有两个我

一个活在更久的明天

一个活在更久更久的明天

他们都说，生活没有彼岸

通 天 塔

首

磁带之所以分为两面，是因为总有人在我们背后生活。

A面

程缘在医院躺着的那些日子，总是会做梦，一个很长很长的梦，断断续续的，像是一部电影，又像是一部没头没尾的电视剧。

梦里程缘想要从学校里跑出去，至于去干吗，她也不太清楚。她找了同寝室的温柔。温柔是个人如其名的乖姑娘，听了她疯狂的计划，感到害怕。她下意识瞥了一眼窗外后院两米多高的高墙，翻过高墙是男寝室区，还要再翻过一面同样高的墙才能出去。出去之后是学校老师的家属院，要是走背字儿，遇见老师，会受到极为严重的处罚。即便没有遇见老师，安全跳出这两堵高墙也是极大的考验。

宿管阿姨查过岗，就回值班室睡觉了。程缘带着温柔悄默地走过值班室，来到后院。后院是给住宿生存放自行车和晾晒衣服的地方，有几根晾衣绳和一个车棚，车棚角落里放着几张坏掉的桌子。这些桌子大多已经生了厚厚的锈，缺桌腿或桌面。她俩搬来几张稍显结实的桌子，叠在一起，品字形。程缘让温柔先上去，然后温柔拉着她上去，过程虽胆战心惊，倒没出什么事儿。坐在墙头，两人开始犯起难，两米多高的高墙，上去容易，下去却极为困难。如今坐在墙头，下也不是，上也不是。

温柔有些担心了，担心被宿管阿姨发现，也担心外边家属院的老师，万一哪个老师站在窗口思考人生，一眼就能看见她俩。其实程缘也害怕，只是她非得出去不可，这股子劲并不知道来自哪里。这时从男寝室走出一个男生，程缘向他摆了摆手，小声说，哥们儿，帮个忙，我们下不去了。男生被吓了一跳，小声问，出去弹钢琴？这是学生间的暗语，意思是去网吧。程缘想也没想，点了点头。看到程缘点头，温柔也点了点头，尽管她并不明白弹钢琴是什么意思。男生找来两张桌子，可是温柔依旧够不到，男生只好站在生锈的桌子上接着温柔，她下去了，再接程缘。她们下来后，又如法炮制，跳出了学校。男生并没有问什么，自顾自地走了，消失在黑夜里。

程缘并不知道要去哪里。她决定先去路上,然后再决定去哪里,她俩现在还没有度过危险区域。走着走着,程缘突然想到,同寝室的杨桦现在应该在画室里待着,毕竟快要艺考了。她决定了,去画室。画室其实就在学校正大门对面的那栋楼里,可是从跳墙出去的地点走到那里还要一段时间。程缘回过头问温柔,你是不是觉得我挺神经的,不知道去哪儿,就跳墙出来了。温柔摇摇头说,挺酷的,跳墙出学校原来是这种感觉,像打仗,也像做贼。

两个人走到画室楼下,画室的灯果然还亮着。程缘笑了笑说,实在不行,咱们就去网吧呗,反正有地方去的。温柔点了点头。顺着楼梯上去,楼梯两旁挂着她看不懂的画,一把像是被烤化的长剑吸引住了程缘。这幅画中的剑,就像是水一样,在流动,一柄流动的剑,可以伤到谁呢?程缘敲了敲门,如她所料,开门的是杨桦。杨桦很惊讶,你们俩怎么来了,你们现在不应该在寝室睡觉吗?程缘走进画室,找个地方坐下,说,跑出来了,不知道为啥,就想出来,温柔是无辜的,被我拽出来的。杨桦看着温柔,你们跳墙出来的?温柔点了点头。

怎么也不能想象你们跳墙的样子。杨桦看着温柔说。

遇上一个出来上网的哥们儿,他帮我们出来的。程缘说。我们没地儿去,今晚咱们挤一晚吧。她补充说。杨桦指着地板说,这里有地暖,我平常都是打地铺。正好我这儿多一床被子,咱们三个挤挤,还是可以的。温柔问,不会不方便吧？杨桦瞪了她一眼，说的什么话！

　　杨桦也不打算画下去了，再过两周就要艺考了。她想不出自己会画出什么东西来。干脆三人挤进被窝。窗外突然刮起了风，风声呼啸，偶尔会从不远处的小区里传来几声狗叫。程缘想起来自己的班主任也养了一条狗，金毛，个子很大，两个耳朵耷拉着，多数时间都是一副无精打采的样子，但是看见程缘就吠，扯着嗓子吠，像是从她身上看出了什么不干净的东西。挤在被窝里的三人没有什么悄悄话，好像也没有什么好说的，但她们都没有睡着，一会儿闭上眼，一会儿又睁开，这个闭上，那个睁开，那个闭上，这个又睁开……像是维持着某种默契。

B 面

　　在我谋划炸掉我所在的写字楼的那段时间里，只有一件事让我分了心。这件事来得过于突然，我只好暂时放下了计算公式，走出写字楼，奔向一个未知的冒险。讲这个故事之前，我想了很久，该如何精彩地叙述出整个故事。后来想到我还要用脑子计算如何炸掉写字楼，索性就放弃了构思。

　　林木木给我打电话的时候，我刚刚计算好整个写字楼的体积。对于一个学电影出身的文科生，计算这些东西还是比较吃力的。虽然当初我有不错的数学基础，可是七年的大学生活，彻底磨掉了我最后一颗数学细胞。我拿起手机，看见屏幕上"来自开封移动"的字样，心里一惊，一定是某个穷亲戚又来借钱。一转念，我就否定了这个可能，因为我的亲戚里穷到找我借钱的，还真不多。带着所有疑问，滑动屏幕，虚拟电话键滑向绿色的接通键，里面传出了惊雷：

"子虔，东欧死了，他临死前让你履行你的诺言。"

林木木的声音变得极为沙哑，像是格格巫。其实她在自报身份的时候，我还是保持着一个正常青年人的机警。但在对方说出我的胳膊肘里面有颗黑痣时，我完全相信了她的身份。

说起东欧这个人，记忆就得往前倒。记忆点一交汇，就汇到了林木木身上，然后顺着她的身子汇到我记忆深处。趁着醉意，东欧说过让我给他一诺，这个诺言是无论如何都得生效的。通常情况下，这种霸王条款，我死也不会签。但是这个混蛋就混蛋在，让我在醉酒的情况下签了这一诺。如果走法律程序，我稳赢，因为这种条款不受法律保护，毕竟我是在意识不清醒的情况下签的，也很有可能不是我签的。但是无论如何，我都得完成这一诺，因为我没有必要跟死人较劲，而且，说不定还能完成我当初的梦想——在他脸上撒尿。

东欧是我读本科期间最好的朋友，好到哪种地步呢？一起裸奔过。我这种人对面子的看重，恐怕已经到变态的地步，别人对我瞥个白眼，我都恨不得上前跟他厮打一番。因为与人斗狠，我甚至练就了一身腱子肉和摔跤的本事。在我整个学生生涯中，因为这个"你瞅啥？"的哲学命题，被请过无数次家长，换过三所中学。并不是我在最后一所中学改过自新了，而是因为在那个学校里，我学习最好，老师睁一只眼闭一只眼。这也给我上了一课——只要你有用，就可以随便作，反之，早晚滚蛋。这一课，让我受益终身。

我记得我与东欧裸奔的那晚是跨年夜，地点在学校的跨年晚会大厅旁边的十字路上。我们喝得烂醉，喝酒的原因已经忘记了。我与东欧时常喝酒，无缘故，高兴或不高兴，一切都能和酒精联系起来。酒精把热气往脑子上冲，我们为了把这股热气散去，就脱光了衣服冲上了十字路。从起跑到最后被五个保安重重包围，再到杀出重围躲进女厕所。整个过程拍成电影也会是整部电影的高潮。两个喝醉的半大小子，硬生生跑出了碟中谍的效果，阿汤哥附体，没有特效照样牛，带速过弯、十米跨栏、纵身翻滚……一个没有落下。

也就是在女厕所，他让我承诺，如果以后他死了，我不论如何不能让他被火化，把他葬到临海去，要面朝大海。那年我十九岁，东欧二十。本以为这件事告一段落，没想到东欧挖走了我的女朋友。更可恨的是，他真的死了。如果说一个男人最介意的事情，我想十个人有八个人会说绿帽子。我那时算是看清了这对狗男女，我脑子中所有的脏话都在那一刻排列起来，如果把这些东西排列组合，我完全算不出结果。

A 面

程缘把梦讲给来照顾她的温柔听，温柔在削苹果的间隙总会打岔。

"说起那次跳墙出校的经历，咱们那次就是出去上网了呀，就是跑的网吧远了点，你说老师最喜欢去离学校近的网吧逮人，怎么在你梦里跑到杨桦的画室去了。还被你描述得那么神神叨叨的。"

程缘摇摇头说，可能被车撞傻了吧，这几天总是在做梦，说起来，这样连贯的梦我很久没有做过了。温柔把苹果切成小块儿，扎上牙签，把床上的小桌板打开，放在程缘面前。那你说说，后面呢？

程缘的父亲走丢了，这是程缘的母亲写下来的。之所以写，是因为在程缘父亲丢了之后，她母亲就不会说话了。去看了医生，医生也找不到任何问题，换了好几家医院，结果都一样。程缘的母亲就写，算了，不说话也好。程缘有些不理解，母亲的发声系统全都完好，为什么就不能说话了呢。心理医生说，这可能是巨大的打击造成的暂时性失语，只要照顾好患者的情绪，慢慢就会复原。可是，父亲只是走丢了，这么大一个人，应该会回来的。程缘现在能做的，只有听医生的，不再提父亲。

她回忆起自己的父亲，他是一个出租车司机，在更久之前，是化学工程二厂的机械工。受市场经济的冲击，下了岗，之后才和朋友一起买了一辆车跑出租。这一跑，就是十五年，车子换了几辆，搭档换了几个，不变的只有他。按他自己的说法，开封的大街小巷他都知道，说一下门儿口是什么树，他心里就有数儿了。所以，程缘从小就很崇拜自己的出租车司机父亲，虽然她慢慢长大后知道出租车司机并不是一个上得了台面的职业。就是这样一个让她崇拜的父亲，在某一天出去跑车的时候，连人带车，全部丢了。报警的一个星期之后，出租车在黄河沿儿找到了，车在，人没了。开封市区距黄河沿儿大概十四公里，按照她父亲曾经的说法，他是不会接这样的活儿的，跑过去，绝对空车回来，不划算。父亲可能遭遇不测了。程缘不敢把这样的猜测告诉母亲，虽然她知道母亲可能知道得更多。其实警察也不敢把这样的猜测告诉她，车上有血，不是他父亲的。

母亲没有什么异常，除了不会说话。她照常去翠园菜市场买菜，只是因为交流不便，花费的时间变长了一点，随着慢慢熟悉，渐渐追回了以往的速度。她开始热爱养盆栽，那些都是父亲之前的心头爱，因为父亲丢了，之后就一直由母亲在养。起初因为不熟悉植物习性，养死了一株文竹。后来上网搜一下，对植物习性了解了不少，就再也没有养死过植物，甚至还学会了修剪，把几棵盆景松柏修剪得有模有样。这样的细微变化让程缘意识到，必须找到自己的父亲，不管是死是活，总得有个信儿。按古话说，活要见人，死要见尸。于是在她的生活里，除了学习之外，多了另外一件重要的事情，就是找父亲。程缘发现她并不是那么了解自己的父亲，他沉默寡言，很少说关于自己的事情。父亲丢了，程缘才意识到这一点，所以她的第一步是了解父亲。

B 面

林木木又提起了这个承诺。在叙述下面的事情之前，我想花一点时间介绍一下林木木。我不想用潘金莲来形容她，因为我不是武大郎，也完全不想是。我与她是在一次电影交流会上认识的，那部电影很经典——《霸王别姬》。组织交流会的老师把我叫起来分析，我极为装×地聊了很多高大上的东西，其实那只是各种高品质影评的拼凑，属于剽窃。结果交流会临结束时，很多女生找我要了QQ号，我完全达到了吸引眼球的目的。林木木就是其中一个。之后我们又见了几次面，通过QQ没日没夜地聊天，聊着聊着就在一起了。林木木非常懂处理男女关系，所以我们基本没有吵过架，生活和谐，井井有条。我甚至想过和她结婚，然而她却送了我一顶有颜色的帽子。

我走出写字楼时，回头看了它一眼，仰着脖子寻找我所在的办公室。但是它太高了，我的脖子已经酸疼。我一定会炸了它，无论用多少火药，我这么鼓励自己。然而我并不知道，哪里可以找来足够炸毁一栋百米大楼的炸药。我一点儿也找不到，找到了也不敢买，白给我也不敢要，要了也不敢炸。关于这个计划，我也只能做到这里，像是拍电影，因为没钱没门路，剧本里的多数片段都要修改，有钱有门路了，又想中饱私囊。反正什么狗屁艺术都往后放，毕竟大家都是要生活的。这就是我所在的影视公司的唯一真理，怎么能把投资人的钱哄出来，这是公司经营的唯一问题。至于本应是公司核心的编剧加导演的我，只是一个幌子。而我，也是满嘴艺术梦想的混子。我大学时，学着冼星海，在自己的床头刻上了一句"电影，我的生命"，然而事实是"人民币，我的亲爹"。这让我想起东欧的那句话，虽然我痛恨东欧这个人，但是那句话没错："在艺术圈，没有人会因为艺术而闹掰，那些闹掰的都只是因为分赃不均。"而我想要炸写字楼，也是出于这种心理。但是我认为我站得要更高一点，我想为社会清除一些垃圾，包括我自己。

权力是没有顶点的，因为权力的最高形式是超越规则。而作为规则本身，也有灵魂，它不想被逾越。于是矛盾应运而生。

我想起了东欧，他跟我说过他去无锡打工的经历。八九个人挤在一间潮湿的、不透气的小屋里。一天要工作十二三个小时，站在流水线上，像机器人一样做着该做的事情。人与人之间不能交流，只要再点上一点儿润滑油和机油，他们就能再干十二个小时。在宿舍，他觉得他是一只见不得光的老鼠；在车间，他觉得他是一只不会叫的老狗；在人间，他觉得他是一个混吃等死的老王八。这时我啐了一口，东欧就是一个老王八，死得好。转念，想到自己，我还不如那个老王八呢，我除了虚荣，一无所有。日历再撕几页，就到三十岁了，撕与不撕都成了问题。

A 面

程缘的父亲有一个二十年的好朋友，她叫他金叔，住在北羊市。程缘最先来到了这里。金叔全名叫金宏鹏，跟她父亲一样也是化学工程二厂的下岗职工。父亲最先跑出租的搭档就是金叔。金叔知道她的来意时，请她进了屋。金叔下岗之后，一直住在北羊市的老房子里。红砖房子，因为年代久远，有些砖缝已经变得极为夸张，沙子混着白色的石灰末流出，稍微用点力甚至可以抠出墙砖。金叔的房子在一楼，没有铺地板，地上都是大大小小的土坑，可以看见很多洋灰补丁，洋灰补丁上又有洋灰补丁。居民楼之间距离非常近，一楼没有阳光，白天也必须开灯，而且潮气很重，空气中总有一种发霉的霉臭味。屋里的东西胡乱堆着，金叔对此表示羞愧，他独居很久了。唯一的儿子跟着前妻走了，前妻嫁给了一个温州商人，现在在浙江生活。她其实想安慰金叔几句，虽然她知道，年年春节，父亲都会安慰他，跟他喝上几杯。她已经十七岁了，快要成年了，应该用大人的口气安慰一下金叔。可是话还没有说出口就被咽下去了。

"小缘，你就不用打着梦的幌子了，就当讲故事吧，咱们两个之间不用这么生分。"温柔扎起一块苹果递给程缘。

"有这么明显吗？"程缘问。温柔点了点头。

"我刚刚讲到哪儿了？"她又问。

"你想安慰金叔，但是没有说出口。"温柔说，接着自己吃了一块苹果。

金叔从别处听说了程缘的父亲走丢的事，碍于自己的羊肉摊儿，他一直走不开。又没有程缘母亲的电话，一直没有来得及问。金叔说起了程缘的父亲程枫，他们认识了二十年了。当年他们因为盗卖工厂的零件，被厂里的会计撞见了，被辞退了。程缘愣了一下问，你们不是因为市场经济改革而下岗的吗？金叔继续说，之所以后来以这样的原因离职，是厂里给活路。厂里知道程枫不是本地人，而且拖家带口，在开封生活不容易。事实上，程枫把盗卖零件的钱基本都给了厂长，厂长才网开一面。那时候是一九九七年，正是大多数国有工厂支撑不下去的时候，国企改制，大批员工失业。没过多久厂长就低价买下了厂里的设备，另起炉灶了。程缘知道父亲老家是浙江临海的，来到开封干些散活儿，泥瓦匠干过，卸货员也干过，最后因为上过高中，又比较会来事儿，被金叔带进了化学工程二厂，干机械工。也是在父亲干机械工的日子里，母亲与父亲相遇。很快两个人就看对眼了，父亲孑然一身，了无牵挂，就入赘到了母亲家里。母亲通情达理，让程缘跟了父亲的姓，维护了他男人的尊严。

　　程缘细问了盗卖工厂零件的事情。金叔也不知道从什么时候开始讲起，于是他直接从他与程枫相识开始讲起。大概是一九八九年，程枫刚来开封不久，金叔那个时候已经在化学工程二厂干了四五年，因为手中的大专文凭，在工厂比较受重视。他现在住的房子，就是那个时候分的，虽然采光不行，但是面积还是说得过去的。金叔与程枫的相识，就是因为房子，准确说是因为搬家，再准确一点，是因为金叔在搬家的过程中，遇见了拦路抢劫的。金叔家里最值钱的东西，是那台十七英寸的熊猫牌彩色电视机，四里八邻仅此一台。晚饭之后，开始播香港电视剧的时候，金叔院里总是挤满了人，后面的人只能听见声儿。有时候人一乱，声音也听不见。但是他们也不走，说是比唱大戏有意思多了。抢劫的看见电视机眼睛都直了，说啥都要拿走电视机。当时还在干卸货员的程枫拔刀相助，几个来回下来，气喘吁吁，挂了彩，胳膊上被砍了一刀，但电视机保住了。金叔因为这事，与程枫结下了深厚的友谊，以至于后来程枫提出找点门路进化学工程二厂的时候，金叔眼都没眨就同意了。盗卖工厂零件的事情大概是从一九九二年开始的，那时候程缘还不满两岁。具体出于什么原因，金叔已经记不得了。但是第一次卖零件获得的钱，他却记得异常清晰，一百七十五块三毛五。这大概是他半年的工资。那时候是夏天，两人卖完零件买了两根冰棍，每根两毛五，那种冰棍不似现在的冰棍那么花哨，就是奶油，特别甜。金叔说，程枫有脑子，也有胆子，就是有时候做事不规矩。但又不是什么大毛病，而且他为人仗义，于是两人的友谊可以维持这么多年。

"被抓的那次呢，怎么回事儿？"温柔见程缘停了下来，便追问。

"我没有听完，就走了，走的时候金叔还送了我一大块儿羊肉，是从羊腿上片下来的，得有好几斤。回到家，我妈打了我一巴掌，然后把羊肉炖了给我吃了。她写给我看，好好学习。"程缘说。

程缘没有告诉温柔，因为盗卖工厂零件，金叔在开了一阵子出租车之后被抓去坐了牢，五年。也正是这五年，金叔的老婆带着儿子走了，嫁给了温州商人。她没有告诉温柔的原因在于，她不知道如何描述金叔与父亲的关系。金叔没有供出父亲是义气，父亲没有照顾好金叔的妻儿是不仗义。按金叔的话说，他用五年还了父亲那一道刀疤。

之后还与父亲打交道，就是想看清这个人，只是看了小二十年，也没有看出点儿门道儿。

B 面

我连夜回到了开封，车子驶过开封收费站时已经是凌晨四点了。这不是我第一次见识凌晨四点的开封，最近的一次是四年前，那时我本科还没有毕业，刚刚跟着进了剧组。那时候拍夜戏，晚上七点开工，在西门大教堂。上高中的时候，上学路上总会经过这座洁白的建筑。我是住校生，周日下午起床去学校时，总会经过那里。里面总是传来不一样的歌声，说实话，听不清。我也完全不会感兴趣，"我想像你一样臭不要脸"这样的歌词更能抓住我。

在教堂内部，感觉却不一样了。整个剧组在大厅里也不显得拥挤，高高的穹顶上画着很多圣经故事，我只认识几个较为出名的：摩西劈开红海、该隐杀亚伯、挪亚方舟。繁杂的壁画很抓人眼球，一时间很难挣脱，直到脖子酸痛，才收回眼光。刘姓牧师站在耶稣受难像的下边，静静地站着，等待着下面的拍摄。我盯着墙上的一座断塔看得出神，那座塔高耸入云，却断掉了。刘牧师说，那是通天塔，是人意欲亵渎神的证据。我说，为什么要修高塔。他说，人类要见神，要与神夺权。我说，人类为什么不能见神。他说，神要见你时，自然会出现。我说，这不公平，起码神和人不应该如此疏离。刘牧师没再说话，随后唱诗班就来了。唱诗班是刘牧师专门叫过来的，那是一群失业的中年人。王姨之前在二十一中教数学，在新一轮学科考试中失利，无奈下岗，现在在宋城市场上租了一个摊位卖菜，没有算错过账；陈叔之前因为抢劫在狱里待了七年三个月，出来四个月了，找了一份看门的工作，没过多久因为案底露了被辞退了；张伯之前一直在清明上河园景区干，因为多次私自带亲戚朋友入园被开除了，他快五十五了，没有混上退休……刘牧师说，这群人里，没有一个是专业学过声乐的。可是当他们开口唱时，我却听出另一种感觉。那时已经快要天亮了。我所有的疲惫和情感全部飞入了即将到来的黎明：

> 我曾经像一只小小飞鸟，飞跃在这蓝天海上，
> 我无时无刻彷徨无助，找不到可以倾诉。
> 我曾经像一只小小飞鸟，穿梭在这城市之中，
> …………

我有太多次夜不归宿的经历，让我记忆深刻的却寥寥无几。我思考要不要回家一趟，可是从这里到第五人民医院更近一点。第五人民医院是精神病院，这点是必须指出来的。林木木说东欧在人生的最后一年中疯掉了，最后没有办法，才将他送进了五院。我其实很好奇，因为我了解

东欧，不过这也可能是我的一厢情愿。他是一只没脸没皮的老王八，他只要有他的壳在，永远不会受到创伤。结果林木木告诉我，东欧的壳可能就是他的父母和我。我听了想骂人，你才是王八壳子呢！

五院有两个地址，我只知道郑汴路 58 号那家。林木木说，东欧的遗体在华夏大道那边的新五院。等我到华夏大道的五院新址时，天已经蒙蒙亮了。林木木住在医院旁的七天快捷酒店里。她出门接我的时候吓了我一跳，我似乎看见了一只将死的老鼠，一瞬间，又像是看见一头将死的大象。她戴着一条黑色围巾，裹在脖子上，皮肤枯黄，面色无光，头发多半花白且凌乱。声音与电话中一模一样，苍老、沙哑，甚至还有一些刺耳。这种声音在我耳边磨，总能让我想起粉笔在黑板上打滑的声音，每个字都在我脑子里摩擦，时不时还溅出火花。

"你到底经历了什么?"我问。

"没什么，就是死了一遍，又活了过来。"她说。我阻止她继续说下去的态势，我完全不想听她说话。

A 面

温柔起身出去买午饭，大概过了一个多小时才回来。程缘问她去哪里买的午饭，温柔说在医院楼下遇见了个老朋友，就是当初帮她们翻墙出去的那个男生。程缘打开饭盒，上层是凉拌鸡丝，中层是米饭，下层是鸡汤，鸡汤里躺着一只鸡腿。

程缘找到的第二人是父亲开出租车的倒班司机老刘，因为出租车出了问题，老刘赋闲在家。程缘找到他时，是礼拜日，他正在西门大教堂里做礼拜。程缘坐在老刘身后，老刘正拱着手、低着头做祷告，嘴里念念有词。附近的其他人也都是这样的姿势，程缘显得有些不知所措。她的目光撞上了正在带领大家祷告的牧师，一瞬间她觉得羞愧，只好学着老刘的样子，嘴唇来回动。她不知道说什么好，一时兴起念了一句：太上老君急急如律令。旁边的老太太听见了，睁开眼瞪了她一眼。程缘从那双眼中看出了极度的不悦，但是很快，那双眼又闭上了，嘴里还念叨着，亲爱的父神啊，请原谅我，原谅我的愤怒。这时，牧师朝着她走了过来。

"我的孩子，你是新来的吧。"

程缘点了点头，她有些害怕。宗教这个词总能延伸出无数枝杈。可是眼前的牧师慈眉善目，面带微笑，并没有什么恶意。这让她想到母亲还能说话时对她说的话："所有坏人想从你这里拿到好处时，首先都会表现得人畜无害、和蔼可亲，等到他们露出獠牙时，你已无处可逃。"程缘对比了一下眼前的牧师，这句话很自然地与他重合。

"我的孩子，天父让你来到这里，接受你的忏悔。"程缘无法从他的语气中找到破绽。

"我只是想找刘叔。"程缘坦白了来意。

"这里的人，都是天父的孩子，当然包括我，也包括你的刘叔。"

这时刘叔回过头看了程缘一眼。

"小缘，等我做完礼拜，我们去外边谈。"老刘说完，又默默做起了祷告。

程缘根本听不懂这些虚头巴脑的东西，牧师也重新走到了台前。他招了招手，台下的兄弟姊妹们都走上前去，站在旁边，手里拿着一张纸，在牧师的指挥下唱起了歌：

没有义人

连一个也没有

…………

B面

林木木把我领进宾馆。她开的是间标准间，两张床经过特殊安排，间隔极远，中间还摆着一张会客桌。这让我想到我们第一次去宾馆时的情景。跟这里差不多，简单的宾馆，两张简单的床。那时，我的狡黠和欲望之盛远胜现在，在半夜的纠缠之后，我们似乎完成了某些古老的仪式。对待这个世界，我们似乎又多出了一种新的生活方式，或者说，这个世界又换了一种新的形式接纳了我们。总之，我和她的爱情多了一点其他东西。之后，再去宾馆，我们总是只开大床房，而且完全不浪费对方的时间，也不浪费每小时十几块的房费。如今两人再次共处一室，我却只有疲惫和挤向河口的奔腾记忆海水。逆潮冲击河岸，浪花滔天。

"你先睡一觉，醒了我们就讨论拿回尸体，冰柜车我已经联系好了。"

"你不要说话了，我难受。"我躺了下去，很快便睡死过去。很奇怪，这是我少有的无梦睡眠。直到几年后的一天，我才恍然大悟，那不是无梦，而是自己在梦中做梦，梦见自己没有做梦。一个无尽的连环梦，最终哪个是真实，哪个是梦？已无从寻找蛛丝马迹。这很像生活，每一个无解的结背后总是连着无数的结，直到人陷入这个无限的结里，故事才开始，然后迅速结束。

我醒来的时候，林木木已经不见了踪影。我看了看时间，已经中午一点了，桌子上放着五个包子和一杯结块儿的小米粥。包子已经缩在一起了，有一种塌陷感，像是凝固了的水泥。我拿起包子，往嘴里塞。包子袋下面押着一张纸，上面写着一句话：

"休息好，凌晨进医院偷尸体，再晚尸体就要送往火葬场了。"

我没有研究过盗尸会判几年，会不会和普通盗窃一样，拘留个十五天就算了？可是我好歹也是个混娱乐圈的吧，要有污点了？我拉上窗帘，又躺在床上。掏出手机搜索了一下，没有正经的介绍，都是广告，介绍我找律师的。我把手机扔在一旁，不再想这件事。空调在不停地向外吐凉风，把窗外的热气堵在窗户外边。尸体在这样的温度下，撑不过几个小时就会臭掉的。这时，我突然想到一件事，我似乎忘了问，东欧到底是怎么死的。虽然所有的故事结局都是他死了，但是故事真正的经过只能有一个。

老板给我打电话，说有新项目，让我马上到公司。我说我现在在开封，有急事。然后电话那头说，只要你没有死，就赶紧过来，项目重要。我说，我说了我在开封，有事儿！他说，能不能干了？我说，去你妈的！随即挂断了电话。这种做法，似乎更加坚定了我要炸写字楼的决心。这一次，有炸药的话，我估计很快就会引爆它。所有人都在张开双臂拥抱资本的时候，我却想炸了它！不是说我高尚，就是被这些东西使唤惯了，一条狗也有狗的脾气，要不然咋会说疯狗咬人疼呢。我拿出电话卡，扔在了对面公路上。下楼，找到一家移动营业厅，我偷偷塞给营业员一百块，买了一张不是我身份证注册的手机号。起初她还佯装为难，见到钱，这事儿就解决了。装上手机卡，我给母亲打了个电话，母亲也没问什么，就问什么时候放假。我说去临海出趟差就回家待一阵儿，隔着电话，我还能感受到胡琴的尾音。母亲的余生能有点儿寄托也是好的。

林木木回来的时候，带了很多东西，满满一大包。她拿出一份建筑图给我，是五院的。我没问她是从哪里搞到的这种东西，上面已经标注了去往太平间的路线，以及监控点。其实这些东西我熟，就算没有这些红点，我也可以知道怎么分配。接下来她拿出的东西，着实让我对她刮目相看：气球、口香糖、罐装喷漆、撬杠，以及钳子。她递给我一张纸：

"初步计划是这样的：夜里一点左右，保安室的保安会休息，这时没有人看监控，穿深色衣服有机会喷黑监视器，不过我们两个要同时动手。然后根据地图上标注的路线走到太平间，路途上的监控都用气球配上嚼过的口香糖粘上，轻轻粘，之后要拔掉。尸体在20号柜，有些味道，注意别打喷嚏。我租的冰柜车放在酒店的地下停车场，这一段距离你要扛着东欧。在你背出东欧的时候，我会掐断报警器的电，但是20号柜要撬开，这个你来。我们最好在一个小时内完成所有，越快越好。另外注意，保安可能会发现，之后不管结果如何，分开逃跑。"

"这些是你做的?"我的眼珠子快爆出来了，林木木是不是电视剧看多了，脑子看坏了？

她没有回答我，也许是我多次指责她，不让她说话，她就真的不说话了。她开始督促我做各项准备，都是用字条。我换上了她买的黑色运动衣。还好是运动衣，否则这种几年前的尺码，我是穿不上的。大概从三年前，我的身材开始走样，突出特点就是飞速变胖。从之前的一百二十斤，在肉眼可见的速度下变为一百五十斤。那一个月，淘汰了我之前几年的衣服。更加痛苦的是，接下来的三年，我的身材再也没有变化过。

时间一点点磨过去，渐渐入夜。华夏大道附近到了这个时间，极为冷清。宽阔的大道上，鲜有行人车辆。林木木正在宾馆洗澡。我蹲在路旁抽烟，不时回忆跟东欧的过往。东欧说，他有一个杀人犯父亲，这是他灰暗童年的根源。他举报了自己的父亲，名义上是大义灭亲，实际上是报复。这个时候，我必须提一句东欧的姓以及本名。东欧原名蒯丰源，他的父亲蒯鹏程则是临海二十多年前一桩大案的犯罪嫌疑人。我上网查过那桩案子，新闻里说蒯鹏程杀了一个牧师，原因是牧师拐走了他的妻子，也就是东欧的母亲。更加惊人的是，凶手在杀了牧师之后，把他给烧了。在此之后，蒯鹏程便人间蒸发了。正是因为蒯鹏程的逃逸，当地警察来来回回出现在东欧的视野里，无尽的询问和讲述让东欧渐渐明白，杀人是件多么罪恶的事。比杀人更罪恶的是抢别人的女人。

林木木洗完澡出来，站在我身边，伸手拿过我手中点燃的烟，蹲在路旁抽了起来。她的头发还是湿的，粘在一起，一缕缕，像是一条条小蛇。她抽烟速度极快，三两口就抽完了一根烟。她蹲在那里，越看越像是一只刚刚从下水道爬出来的老鼠。我甚至觉得，她变得越来越小、越来越小，直至顺着路边的排水口进入下水道。我走回宾馆，进入卫生间，闻见了一股臭味，那是一种经过发酵的血臭味。虽然屋里喷了空气清新剂，但是这个味道太独特了。果然，我在排水孔附近发现了黑色的血块儿。我猜测林木木应该有严重的妇科病。我拿过花洒，对着血块儿冲水，它慢慢化开，变为鲜艳的红色，闪入排水孔。

　　水不断往我脸上浇，我觉得自己像一头被困住的大象。我坐在动物园里，做着拙劣的表演，四处都是叫好的人。我突然很害怕，想扇动耳朵，飞上天去。

A 面

　　程缘出了车祸之后，就再没有去做过礼拜。到了礼拜日，她都会让温柔代替她去听唱诗班唱诗。有时候温柔会录下来，有时候也会跟着哼几句，然后回医院告诉程缘。程缘总是关心赞美诗的内容，而不关心演唱质量。这段时间，因为车祸，用钱的地方比较多，所以程缘暂时放下了捐助教会的习惯。西门大教堂的刘叔还给她组织了一次募捐会，募到了五万四百七十一块。钱交到程缘手里时，程缘还不能下床，只好在床上，对着刘叔在胸前画了一个十字。刘叔说，孩子，天父在指引你，你走错了路。天父在拯救你，也拯救你的朋友与亲人。愿你在天父的照顾下，迅速恢复，另外，天父助你就医，你一定要听医生的话。程缘点了点头。

对于程缘成为教徒，温柔有很多疑问，只是她不想问，或许程缘真的可以在宗教中找回失去父亲的安宁。她看过很多外国小说，很多主人公最后都选择了宗教，为赎罪，为救赎。她不懂这些，她不觉得这世界有神。顺着这条线，温柔又自然地想到了那天中午程缘讲的故事：

刘叔把心交给了上帝，全心全意的那种。他说，他独居多年，原本无牵无挂，即便失去了工作，也觉得无足轻重。只是在那一个夏夜，他像是受到了天启，指引他顺着河，走进教堂。程缘要他仔细讲讲那个天启。刘叔站在河边，指着正在修的水系说，那天入夜，树上的蝉一直嘶嘶叫，他心里很烦。虽然没了工作对他影响不大，他可以找其他工作养活自己，但是心里多多少少有点儿不舒服。而且程枫还丢了。警察多次上门找他，了解情况。车上出现了一个男子的血迹。而作为司机的程枫并没有在后座留下痕迹，关键是，他还失踪了。白班都是程枫开的，他们晚上七点左右交接。白天是什么情况他也不知道。为了排解这种烦人的感觉，他走出自己的老房子，一路向东走，一直走到淮河医院门口的湖边儿。他看见了一条白狮子狗，那条狗很干净，毛色纯正，一看就不是流浪狗。那条狗像是在等他，跑到他身边，用头在他裤脚上蹭，围着他转圈，很欢腾的样子。

"是它领你到教堂的？"

刘叔点了点头，说，准确说是天父委派它来指引我的。

我只是遵循了天父的指引，于是我得到了精神的救赎。刘叔又说：

"小缘，你知道吗，中国人太苦了，在为温饱挣扎了几千年之后，我们又马上陷入了无尽的思想之苦，你苦，我苦，众生皆苦。我们需要天父，需要天父指引我们，得到真正的幸福。"

"这是唯心的想法。无论是哪种规则，从它诞生的那一刻起，有一部分人就在想着如何越界。神也是规则，神不能拯救所有人。"程缘说。

刘叔没有说话，默默在胸前画起了十字。程缘开始问起程枫的事情。刘叔似乎什么都不想说，他顺着台阶走下去，一直走到水边，蹲在那儿看自己的倒影，嘴里碎碎念着。程缘知道再也问不出什么了，转身离开。

接下来的一段时间，程缘总是会逃出学校去。有时是去网吧玩 CS，有时去朋友家里挤一挤，有时干脆就在外边晃荡一晚。她不知道她这么做是为了什么，多年之后她躺在病床上时，突然想明白了，她不过是想找到一个答案：为什么父亲会失踪、母亲会失语？

B 面

我走进五院的时候，保安室里的保安看了我一眼。他睡眼惺忪，看到我的脸时，他的眼睛里飘出一丝微弱的光。

他问我进去干吗，现在不开门。我说我有病，得去看病。他问我有没有预约，我说你一个保安不要管这么多。说着我就往里走，他走出保安室，我这才看清他少了半截腿。他发现我特意看了他的腿，就把卷起的裤脚给放了下去，金属义肢这才被遮盖住。他说，这个时间段只有值班医生，而且你也应该清楚，这里是干什么的，住在这里面的人这里都不太正常。他指了指脑袋。我说我脑子也不正常。不知道为什么，我看他有点儿面熟，但是也说不出在哪儿见过。我往里走，他却不阻拦了。

按照计划，我和林木木是要越过监控摄像头翻进五院的。只是她的计划完全错估了我与她的身体素质。虽然五院的铁栅栏不足两米高，可是胖硕的我与瘦弱的她都没有翻身上墙的本领，更不要说同时上去并挡住摄像头。她瘦弱得像一只十年未曾进食的母羊。我像什么呢？应该是一只整天陪人拍照的羊驼，十块钱拍一张的那种。

我往前走，不再想保安为什么不拦我。我看向一个黑暗的角落，一个黑影在栏杆间不断晃动然后挤了进来。她蹲在一旁充气球，嘴里塞了两片口香糖。她偶尔抬头看我一眼，眼神里却什么都没有。我有时怀疑她在夜里是不是没有眼白，或者她的瞳孔可以大到占据整个眼睛。走到太平间一共要经过十一个摄像头，可以说基本上没有死角。但是我这么多年导演也不是白当的，抢镜我比不过那些演员，但要论避镜头，他们与我差得太远。我和林木木躲在气球后面，每个气球顶端都粘了口香糖，很轻松地堵上了摄像头。临近太平间时，我感觉到了一丝凉气。我在想搬尸体的时候惊动了管理员怎么办，可是走进去之后，我觉得老天都在帮我，里面空荡荡的，一个人没有。我记起之前刘牧师胸前画十字的样子，给自己来了一套。我没有像刘牧师那样嘴里念念有词，因为我不会。太平间的门开着，一排排停尸柜看起来还是挺瘆人的。20 号柜在中间，我寻找了一番，在柜子右上角看到了"蒯丰源"这个名字。林木木拿出撬杠递给我，可是当我伸向冰柜时，冰柜自己打开了。我被吓得长舒一口气，心里骂道："这个狗×死了还吓唬我，我一定要朝你脸上撒尿！"拖出冰柜，打开尸袋，确认是东欧无疑，他的脸是青色的，眉毛和头发上都是冰碴。我不想再看了，把拉链拉上。拉出尸袋扛在肩上。我一路向外跑，林木木收回气球，出了门，气球带着她飞向了天空。

A 面

程缘知道，父亲这么多年来有个爱好一直没有变，那就是豫剧。她决定去开封市豫剧团找父亲的另一个朋友，豫剧团里拉胡琴的柳姨。豫剧团在劳动路上，她之前一直都是坐着父亲的车跟他一起过来的。要说父亲是一个浙江人，应该喜欢越剧或者昆曲，可是父亲偏偏喜欢豫剧，而且最喜欢《断桥》。父亲嗓子好，能唱旦角。父亲说他是自学的，专业院校好像已经不教反串了。程缘骑着自行车来到剧场门口，正好遇上柳姨，柳姨还带了个男生。她认了出来，正是帮她跳墙出去的男生。两人心照不宣，眼神交流了一下。男生背着胡琴袋子，往前走，柳姨拉着程缘走进剧场后台。

柳姨是豫剧团里的灵魂，很多人都说，没了她的胡琴，他们就唱不出来了。胡琴在柳姨手里，激昂时如千军万马奔腾而出，安静时如小桥流水涓涓而去，悲伤时如杜鹃啼血哀婉不绝……柳姨让男生擦琴，而她则带着程缘来到了舞台前面。

程缘以前经常坐在前排听戏，她听不懂这些咿咿呀呀的东西，可是父亲懂，他的手总是跟着台上的演员动，嘴里念念有词，台上唱得好时，他就鼓鼓掌，唱得不好时，他就皱皱眉。此时台上有人彩排，不唱词，就走走动作。台上演的正是豫剧名剧《穆桂英挂帅》，她见柳姨瞟了一眼台上，拉着她又往后走了几排。

柳姨单身多年了，据说当年她没有结婚就生了儿子，可能就是后台的男生。程缘向父亲问过这些八卦，父亲每次总是严肃地说，不要干涉别人的私事。柳姨自己养大了儿子，据说中间给她说媒的人有很多，从她如花似玉一直说到人老珠黄，她愣是一个都没有同意。而关于男生的父亲的议论更是从来没有停止。最可靠的消息是，男生的父亲是以前团里的台柱子，小二十年前，两个人打得火热，只是没多久，台柱子就被省豫剧团挖走了，而柳姨留了下来，之后便没有了之后。这听起来就是一个负心汉和痴心女的故事，但是程缘这一路走过来，早就不相信一个故事的结局会被简单的原因所决定。就像金叔和父亲程枫之间若即若离的兄弟关系，刘叔跟着一只白狮子狗找到了上帝……

台上发生了意外，唱穆桂英的演员一脚没有踩稳，从一米高的舞台上摔了下来。虽然只是一米高，她的腰好像还是出了问题。柳姨最先跑过去，这里离医院很近，从后台叫出几个男工作人员，抬着受伤的女演员去了隔壁那条街的医院。团里的演出计划不会因为一个女演员受伤而停下来，团长找上了柳姨。程缘只知道柳姨胡琴拉得好，从不知道柳姨戏也唱得好。这时柳姨只是淡淡地说，她想唱《断桥》。团长估计也没有想到柳姨会答应唱，于是也不管什么曲目，就给答应下来了。柳姨说起了程枫，她边走边说，程枫是个戏迷，从他刚来开封时就是了，那个时候团里主要是下乡表演，程枫有时候也会蹬着自行车跟着去看。程缘问柳姨她为什么要唱《断桥》，柳姨问她有没有看过"三言二拍"。程缘的头摇得像拨浪鼓，柳姨说里面的《白蛇传》才是最初的版本，和戏里完全不同。她也不知道为什么，知道了最初的故事后，就只愿意唱《断桥》了。

柳姨进了化妆间，程缘看见了背胡琴袋子的那个男生正在看书，他看得极为认真，甚至没有发现她在身旁。她悄悄站在他背后，看到他正在看托尔斯泰的《安娜·卡列尼娜》。她完全受不了这么厚重的书籍，主要是太厚、太无聊。她也没有打扰他，走过去，听到台上的胡琴响了起来。

"你跳出去做什么，好像没在网吧见你？"男生保持着看书的姿势。

"找人吧。你去网吧干吗，玩游戏？"她说。

"写点东西，我在网上连载小说，不过你得给我保密，别让我妈知道我又不好好学习。"

"好。"

柳姨的白素贞扮相很惊艳，在粉黛的帮助下，她似乎穿越了时光，一颦一笑皆有年轻时的模样。程缘确定自己没有见过柳姨年轻时的模样，但是她还是确信，这就是年轻时的模样，一弯柳叶眉，一双丹凤眼，肤若凝脂，面带春风。柳姨一开腔，程缘就被抓住了。程缘听过父亲唱《断桥》，他也唱旦角白素贞，但是明明就是一出戏，怎么就有如此变化呢？顺着柳姨的嗓音，记忆飞速往身后倒。

　　人世间竟有这美丽的湖川，
　　这一旁保俶塔倒映在波光里面，
　　那一旁好楼台紧傍着三潭。
　　苏堤上杨柳丝把船儿轻挽，
　　颤风中桃李花似怯春寒。

…………

程枫每次唱到这一段时，都会往南看。因为家在顶楼，有时候程枫还会去天台唱，那个时候程枫有一台程缘初中用剩下的随身听，把珍藏的磁带放进去，咿咿呀呀地可以唱很久。唱罢就找躺椅躺下，看着南方，手中把玩着一把陶壶。陶壶不是什么贵重东西，好几次他躺着躺着睡着了，碎了好几个。程枫确实没有讲过他江南的老家，程缘对这件事耿耿于怀。她为此跟程枫理论过，只是程枫总是用沉默代替回答。从这点上来说，母亲与父亲是天生一对。

程缘坐在台下听柳姨润嗓，只这几句就让她沉醉。突然胡琴声音断了，程缘睁开眼睛，她看见男生接过了胡琴，母子二人同台表演。柳姨瞥了一眼她的儿子，可能心里会想到儿子的父亲、多年前的同台以及种种恩怨。这时再听柳姨的腔调，哀婉之声萦绕，久久不绝，似乎可以穿越时光，把这十来年的艰辛与悔恨化为实体，一座座大山从胸中沟壑搬到了狭窄的排练厅。或许世间真的有条叫白素贞的白蛇，她对爱情无比渴望、无比坚贞，然后她被许仙抛弃了……

柳姨唱完一曲，走入后台，男生坐在台上慢慢把胡琴收了起来。程缘突然觉得自己今天不应该再问父亲的事情了，也正值周日，该回学校了。她问台上的男生，你叫什么名字，哪班的？男生回答，柳子虔，三班的，你一班的？

程缘点了头说，一起回学校吧！柳子虔看了一眼后台，我跟我妈说一声。

"听说你爸走丢了？"柳子虔问。

程缘没有回答。

"我妈说，我爸也丢了。"柳子虔说。

B 面

保安睡着了，我不确定他是否真的睡着了，我总有一种他在帮我的错觉。我扛着尸袋大摇大摆地往前走，一抬头，发现摄像头上被套了一个黑色塑料袋……

冰柜车就在酒店的地下停车场，我把东欧扔进去，打开冷气，重重地关上了门。我开着车子走出地下停车场时，林木木刚刚从天上下来，她在飞的过程中弄丢了平常写字的笔记本，她只好张嘴说话，声音刺刺啦啦，像是飘满雪花的电视，又像是失磁的卡带。

"尽量避开高速，高速路上有查车的警察。"她说。

"你不是在开玩笑吧！你知道临海离开封有多远吗？"

"这辆冰柜车冷气还行，走省道，在市郊加油。"

"好了，好了，你不要说话了，我心里有数！"

车子驶入郑开大道，一脚油门下去，车子像是长翅膀一样飞了出去。无边无际的黑夜里，有一条亮着灯的路，无数道光在其间穿梭。我的车慢慢汇入光的河流，成为其中最普通的一缕。

从筹划盗尸到最终完成盗尸，车子驶出开封，我一眼未合。现在走在路上，车子也开了不知多久，已经进入丘陵地带，天空早就揭去黑色的面纱，发出刺眼的光芒。我很瞌睡，而林木木上车之后就睡着了，到了现在依旧没有一点想要醒来的意思。她的头歪向窗户，我回头看时，才发现她脖子上有道伤口，伤口已经缝合，不过那种长度确实令人惊愕。根据她恶心的声音，我再次肯定了我之前的猜测，她一定是自杀未果，反倒伤了声带。困意让我的脑子开始陷入迟钝，我把她拍醒，停下车，对她说，你来开一会儿，我得睡一会儿。她挣扎着起来，从后座上拿出一瓶矿泉水，下了车，慢慢浇在自己脸上。然后指了指后座。我从后座上找出一袋子面包，都是肉松和芝士的，我最爱吃的口味。我拿出一个，捏了捏，软的。拆开包装使劲往嘴里塞，咀嚼之后，塞进去一口水顺下去。拿出一个面包放在仪表盘上边，人钻进了后排。一闭上眼，我就睡着了。

A 面

温柔再来看程缘的时候，引起了程缘的怀疑。为什么她来得这么频繁？倒不是说程缘嫌弃她。她不用上班，不耽误工作？程缘问，亲爱的，你是不是失业了？温柔愣住了，过了大约三秒，她拉过椅子坐下，把买的苹果拿出来，摆在果盘中。

"是，私营企业嘛，不靠谱。"

"再去找工作啊，守着我干吗？我没事的。"程缘说着还照腿上拍了两下。

"我想调整一段时间。"

"失恋了？"

"嗯。"

温柔有时并不像她的名字，程缘也并不像自己的名字。倒是程枫，像他的名字，就像一片枫叶随风而逝，不知所终。温柔终于抵不住了，趴在程缘身上哭了起来，程缘一瞬间回到了十年前。她确定自己找不回父亲的时候，也哭了很久，像是要把汴河重新哭回来。那种决堤式的哭法很费力，很费神，很费感情，总之，什么都费。温柔很爱她那个男朋友，有时候谁都不了解其中的原因，两个人分分合合，程缘其实了解，他们不可能长久。程缘就害怕温柔自己也懂，就是从内心不接受这事儿。

有时很多事情没有什么大不了的，哭完就好了。可是令你绝望的是：更多时候，你哭完，什么都没有变化。比如，程枫就是丢了，母亲就是不会说话了，身边人的苦难还是苦难……还好，程缘找到了一座高耸入云的塔，人飞得高了，可以暂时歇歇脚，实在不行，也能当个跳台，一跃而落。

B 面

　　我坐进了冰柜，一股寒气逼来，也奇怪，我不冷。东欧自己从尸袋里钻了出来，我盯着拉链一点点打开，似乎感觉被拉开的不是尸袋，而是我的头皮。他伸着满是冰碴的手向我要烟。我拿出一根，递过去，他把脑袋伸过来，我给他点上，瞬间上升的温度融化了他睫毛上的冰，发出细微的破碎声。他一口一口慢慢嘬，吐烟更是小心谨慎，像是怕热气融化了自己。他问我，子虔，你冷吗？我说，还好，死不了。他说，他很冷，是那种冷到骨髓里的冷。我说，应该的，你现在根本就是冰棍儿。他说，我就知道你会帮我。我说，别给我说这些，我就想往你脸上撒尿。看着他慢慢嘬着烟，我突然想起来一个问题，我问，你是怎么死的？你为什么会疯掉？他又慢慢抽了一口烟，吐出，用手播散烟雾，说：

　　"过不下去了呗。街上到处都是咬人的蚂蚁，一个个有人那么高，你想想多恐怖。刚开始我还在想，可能是我太累了，过几天就好了，谁知道蚂蚁越来越多，整个开封城已经被占领了。新闻里也不播，我想问题应该可以解决，直到我在木木家里看见了那个吃人不吐骨头的蚁后，我彻底忍受不了了。"

　　"吃人的蚂蚁？还人那么高？你确定那不是人？你那个

时候就已经疯了吧!"

"你见过有人长八条腿吗？而且长着钳子一样的嘴巴，你记得《天龙八部》里面的岳老三吗？那些蚂蚁的嘴，就像他手中的金蛟剪，很锋利，它们吃起人来，囖囖的金属撞击声让我浑身汗毛孛立。特别是蚁后，它不但吃人，还吃蚂蚁，而那些蚂蚁竟然争着被它吃。它肥大的身体里，究竟装了多少东西？我完全不敢想。"

"你是不是看了奥尼尔的《白猿》？"

"没有，完全没有听说过。"

"那你继续说。"

"木木家的蚁后想吃我，它眼睛都红了，射出红彤彤的光。我不停地跑，路上到处是追我的蚂蚁，我无处可去。"

"所以你就去了精神病院？"

"你错了，五院不是精神病院，是孤儿院。里面的人和我一样，都是孤儿，很奇怪，他们看不见那些蚂蚁，有时甚至会与蚂蚁们跳舞。我多次告诫他们，他们也不听，最后甚至开始疏远我。我害怕他们也会变成蚂蚁，所以我跟那些蚂蚁对抗，结果它们就打我，甚至给我坐电椅。你知道电椅吗？就是以前谍战片里面的电椅，上面满是血痕。我从电椅上下来，已经完全失去了抵抗能力，而且大小便失禁。这些都不是令我最痛苦的事情，比这些更可怕的是里面的人开始嘲笑我、嫌弃我，最后疏远我。"

"你不是还有林木木吗？"我说出这句话的时候，后槽牙都快咬断了。

"她最后也不懂我了，她想杀死我。但是我把她制服了，还划了她一刀，以示惩戒。我下手特别有分寸，想必你也感受到了，她说话特别难听，像是最丑最老的乌鸦在啼叫。后来我死了之后才明白，一切都是命运，乌鸦闻见腐味才啼叫，她天天在我面前说话，我当然离死不远了。能再给我一根吗，这里太冷了。"他把烟头儿扔在我脚下。我踩灭后，又给他点上一支。

"你不想问点其他的吗？"他刚抽上，就问我。他伸着脖子给我看，上面有一道明显的勒痕，足足有两指宽。他摇了摇头，他的头竟然扭到了背后。由于动作较大，脖子上的一圈冰碴都掉了，他赶紧停了下来。

"你是自杀的？"

"那是自然，我梦见我爸被放出来了，我害怕他来找我复仇。"

"你爸？那个杀人犯？他被抓住了？"

"嗯……"

A 面

程缘接到了警察的传唤，到了区公安分局，妈妈已经在那里等着。她坐在妈妈身边，妈妈把她抱在怀里。程缘知道爸爸应该不用找了。一个穿着制服的年轻警察出现在楼道里，大声喊"谁是蒯鹏程的家属"，连续喊了几声，并没有人回答。这时一个年龄更大的警察出现，照着年轻警察的脑袋上拍了一下，训斥说，跟你说多少遍了，不要这样大喊大叫，然后他问了一句，谁是程枫的家属？这句话让程缘母女二人瞬间抬起了头，程缘看见了母亲眼睛里的泪花已经迫不及待地想要奔涌而出。母女二人站了起来，程缘这才反应过来，校服还没有换。这样可以让警察一眼看出她的年龄，她心里有点儿慌。再有几个月，她就成年了，很多问题她可以承受了。

年纪稍大的警察领着母女二人来到办公室，询问了她们几句，这才发现程缘的母亲不会说话。然后他问程缘，你知道你父亲的真实身份吗？程缘摇了摇头。他说，这么给你们说吧，程枫是他的化名，他原名叫蒯鹏程，是十九年前临海市的一名在逃疑犯，身上背着一条人命。根据你们之前报警时提供的线索，以及后来的匿名举报，我们与临海警方取得联系，通过基因对比，锁定了蒯鹏程，并在他潜逃途中将他抓获。我们也从临海市警方了解到，蒯鹏程有个儿子，名字我们不方便透露，出租车上留下的血迹是他的。

"你们想说什么？"程缘打断了警察的话。

"小姑娘，听我说下去，我们也是为了你们好，你们有权知道真相。"

一九八九年四月十一日，蒯鹏程在临海市杀害了牧师李某，并残忍地焚毁了李某的尸体，意图脱罪。东窗事发后，蒯鹏程四处流窜，在一九八九年六月来到开封，通过造假证，伪造了程枫这个新身份。蒯鹏程心理素质过硬，也很有头脑，做事果决，很快便在开封落住了脚，甚至进入了国营工厂上班。最后因为盗窃而被辞退。在此之后的十几年里，他一直用程枫这个名字生活，职业是出租车司机。这些你们应该更清楚一些。只是到了今年六月份，他遇见了他的克星，在拉客的过程中，他遇见了自己阔别十九年的儿子。当然，儿子认出了父亲，父亲没有认出儿子，而对父亲怀恨多年的儿子举报了父亲。特别是在儿子得知父亲在开封又建立了新的家庭之后，在黄河大堤上他们进行了搏斗，儿子负伤，蒯鹏程再次逃逸。

"我们能见一见他吗？我找了他很久。"程缘问。

"可以。但是他说他不想看见你们母女俩，所以我们不能保证你们可以对话。"

"没关系，看看也行。"程缘说。

程枫或者说蒯鹏程坐在单向玻璃背后，程缘与母亲看着他，母亲估计早就知道了真相，此时眼泪早已决堤。程缘紧紧抱着母亲，母亲也终于在此时发出了许久未见的声音，哭声传出去很远。或许程枫听见了，或许他感觉到了，他朝着玻璃方向看了过来，泪流满面。他苍老了许多，憔悴了许多。他的双眼凹陷，黑眼圈笼罩着眼睛，眼袋大得可以装进一片海。他的皮肤明显变黄了许多，与他之前细嫩的模样产生了极大反差。他趴在桌子上哭，手上戴着手铐，脚腕也有脚镣。坐在他对面的警员给他递过去纸巾，他像是没有看见。

程缘在整个过程里都紧紧抱着母亲，任母亲的眼泪鼻涕流在她身上，她突然想起来，再过不久她就要成年了，她的腰杆就又挺直了一分。

B 面

"咯噔"一声，车子猛然刹住了，我撞在了前排的椅背上。剧烈的疼痛让我从梦中惊醒。我看了看外边，车子停在一条林荫小路上。林木木已经跑下了车，我爬了起来，却怎么也爬不出后排。我感觉有水从我脸上流下来，眼前开始变红，一切都变成了红色，接着一黑。我晕倒在了座位上。

等我再次醒来的时候，已经是傍晚。车子停在一家饭馆门口，不知道为什么，这家饭馆门口只有一个拿着汤勺不断翻搅汤锅的老太太。林木木叫我起来吃饭，我的脑袋上扎着绷带，剧烈的疼痛感让我无法张嘴吃饭。她把饭泡在汤里一点点捣碎，喂进我嘴里。我慢慢咀嚼，然后直直地看着她。

"你就打算一直装哑巴？"

她没有说话，继续给我喂饭，试图以此堵住我的嘴。

"我脑袋上应该撞出了一个窟窿，你看看我身上的血，都结块儿了。"我不顾饭从嘴中流出，给她看我前襟上的血迹。

她还是不说话，把碗放在一边，递给我一瓶饮料。我回头看了看车，车头上有个凹坑。

"你是不是撞到人了？人怎么样？你不会给扔冰柜里了吧！"我不顾脑袋上的伤，晃晃悠悠走到车旁。打开冰柜，里面只躺着东欧的尸体，空空的尸袋在一旁放着，尸体旁边还有两个烟头儿。我摸自己的上衣兜儿，烟已经被血浸红了，但是少了两支，我的脑袋里响了一声雷，我的世界又变成了红色。我努力克制自己，让自己清醒一点儿，后头竟瞥见了一条橙黄的路、一条绿莹莹的河、一座空荡荡的古石桥……

A 面

程缘与柳子虔回学校的那个下午，程缘问他喜不喜欢做梦，就像站在高塔上往下跳，却落在棉花上，跳进一片海，落入爱人的怀里。在梦里，可以任意驰骋，甚至是飞上天空，看世界，看所有的一切。说想说的话，做想做的事。祝福每一个不幸的人，祝贺每一个开心的人。柳子虔摇摇头，并没有顺着她说的往下畅想，他说，他做的梦很现实，他很无奈，因为梦并不由他控制，有时候梦里可能

比生活更加残酷，更加寒冷，更加令人绝望。因为你明明
就要触摸到真相，却醒来，明明知道那是假的　却依旧痛
苦，明明是开心的梦，醒来一对比，却又更加痛苦。他不
相信这世界有七色花。

　　程缘没有说话，但她似乎很认可柳子虔的话，因为梦
确实不受控制，这就像又经历了一次生活，如果是痛苦，
那就是痛苦加深了两倍，如果是幸福，那就是幸福加深了
两倍。只是令人绝望的是，美梦难求。令人更绝望的是，
美梦背后往往是更加痛苦的现实。

　　柳子虔问她，有没有听说过一个叫玛丽亚·阿布拉莫维
奇的行为艺术家。她摇了摇头。柳子虔说，她是一个伟大
的女性。她问有多伟大，他说，她让他看清了人性，让他
确立了人生目标，成为一名导演。程缘问，她的作品有什
么？柳子虔停了一下，想了想说，还是不要说她了，如果
你有兴趣，可以查一查《韵律0》以及她的"韵律系列"。

　　程缘点了点头说，之后再说吧。回学校读书，争取走
出去。

　　那年高考，程缘去了杭州。柳子虔还在开封。

B面

　　我再次醒来是因为警笛，林木木把车停在路边，指着
我说，他受伤了，开得快是因为要送他去医院。警察看了

她的驾驶证又看看我的伤势，扣了两分，罚款两百，嘱咐我们注意安全，就放我们走了。林木木告诉我，我们已经在浙江境内了。我没有听清，因为我在想林木木到底撞死人没有。我这两天干的违法乱纪事儿，超出了我有生之年的总和。我估计要被封杀了，搞不好还得去坐牢。想到这里，脑袋上的伤口感觉又崩开了。我觉得自己的血在不断向外喷涌，直至淹没前方的橙黄色道路。

林木木已经瞌睡得不行了，车子在飘。我爬起来，说让我开，我还不想英年早逝。她没有去后排睡，就坐在副驾驶。脖子又歪着，我从她身上闻到了腐肉的味道。我记得东欧说，这个味道预示着死亡，我不禁打了一个寒战。我看了看导航，距离东欧的老家还有二百多公里，在群山怀抱处开车，总是感觉怪怪的。我回想起那个梦，太过真实了。林木木绝对撞了人，可是为啥把我抓到黄泉路上去？该去那儿的是东欧和林木木。就算现在我脑袋上有个窟窿，我觉得还是可以抢救一下的。

东欧的爸爸是在逃嫌疑犯，妈妈改嫁了。之后他就跟着奶奶过，前两年他奶奶也死了。算起来，他现在唯一的亲戚是他的大伯。我们找到他的大伯时，他大伯吓坏了，他大伯说我们两个像是两个死人，而且我们真的还带了一个死人。他就我们偷尸体然后跑了一千多公里的事情给我们普及法律法规。我开始瞌睡，到林木木说出土葬之前，他的话我一句没有听进去。

　　林木木提出把尸体土葬的时候，东欧的大伯从板凳上跳了起来，怎么也不同意。说要是被政府抓到，是要罚款的，不仅如此，还会把尸体刨出来烧了，费钱还坏名声。而且现在棺材都没处买，怎么土葬？一定要火葬，大不了火葬的钱他们出。而且他还像模像样地租了一台冰棺，把东欧扔了进去。我跟林木木说，这事儿我就不掺和了。林木木拉住了我，递给我一张字条：

　　"必须把东欧土葬，无论如何！"

　　她的指甲嵌入了我的手臂，疼痛让我迅速清醒。

　　"你疯了！"

　　"我就是疯了，而且要疯死！"她的声音像极了乌鸦。

　　入夜，我开着车把东欧偷了出来。但是因为冰棺并没有插电，东欧已经烂掉了。那种臭味让我难以忍受。林木木在路边等我，还没有打着车，后面村子里的灯就全亮了起来，一大群人拿着火把冲了出来。我赶忙打着火，一脚油门下去，车子再次飞上了天。我只听见下面震耳欲聋的叫骂声，我不禁感叹，吴语软绵绵的，骂人都没有力气。

　　围着临海一直跑了两个多小时，车子快要没油了，我才停下来。顺着晨曦的微光，我看见了大海。海风吹过来，空气里带着一股咸腥的气味。林木木指着前面那片树林说，就把东欧埋在那里，可以看见海。我觉得我的脑袋上还在流血，我说随你便，你想怎么折腾就怎么折腾。我先买回去的车票，这个车子，你想怎么弄回去都行。她没有说话，打开车门，把东欧往下拖。臭味开始钻入风里，然后顺着我脑门上的窟窿往脑子里爬。为了让这股臭味赶紧消散，我不得已开始挖坑。树林里的土层很薄，挖了不到半米就挖到了石头，小碎石把铁锹刃别出了很多花。林木木就上手扒，天大亮了，坑才初具规模。林木木走回车边，从车上拿出一个桶。我看出来了，那是加油的油桶……

林木木当着我的面，往自己身上倒了汽油，然后把东欧拖进了土坑。她扯着嗓子说：

"埋了我们。"

然后火光冲了起来。我突然感觉天黑了，越来越多的乌云朝着这儿堆积。一直到天完全黑下来，死死地压在我心头。大火冲天而起，化为一道巨龙冲入云层，竟然把云层捅出一个窟窿，透过窟窿，我看见一座塔，那塔有天那么高。我突然感觉非常熟悉，我就像回到了在西门大教堂拍戏的那个夜晚，穹顶上有座塔，修了一半。刘牧师说，那座塔是通天塔，是人类为了见神而修建的，这是一种亵渎。我只能把思绪转到另一个地方，我究竟还要不要朝东欧脸上撒尿了？直到恶心的气味扑面而来，再没有时间给我思考时，我发现自己没尿。

A 面

温柔很久没有来医院了，程缘差不多也该出院了。前两天她已经开始做恢复训练，试着在辅助器械的帮助下走路。母亲让她多休息几天再练习，她说每天练习一会儿，说不定很快就会走路了。程缘在母亲的搀扶下回到病房，母亲说她突然想起了程缘还不会走路的时候。那个时候程缘还不满一岁，只会咿咿呀呀乱叫。程缘的父亲喜欢豫剧，唱《断桥》，也是咿咿呀呀的，家里两个人咿咿呀呀地怪叫。母亲大笑起来。程缘松了一口气，母亲终于算是跨过了那道坎儿。回到病床上，程缘拿起手机，给温柔打电话。电话一直接不通。母亲问她打给谁，她说打给温柔。她与母亲聊起了温柔，母亲说温柔并不像表面上那么柔弱，她很坚强的。程缘点了点头，她说自己这辈子好朋友不多，温柔绝对是最好的那个，她不希望温柔有事。母亲听完，说起了她的个人问题。她赶紧把话题引到了其他地方。

温柔打电话过来了，她说这一阵在忙着找工作，顺便找一个男朋友，因为生活得继续。而且年龄也不小了，该考虑个人问题了，很自然地把这个问题抛向程缘。程缘一阵糊弄，总算绕开了这个怪圈。程缘与温柔聊了很多，在确定她确实没有问题后，两人聊起了刘牧师，通过刘牧师两个人又聊到了柳姨，最后聊到了柳子虔。

"听说他现在是导演。"程缘说。

"对，上次在医院楼下遇见了他，跟他聊了一会儿。他脑袋上撞了一个口子，来医院复查。也就是因为与他聊天，忘了时间，让你饿着了。"

"哦，想起来了。等我好了，把他约出来，我们也有好久没见了。"

"好啊，他最近经常去西门大教堂。你们有话聊。"

"他现在这么有出息，说不定我们都得巴结他。"

"那一定是。"

说说笑笑，好像时间又回到了高考那一年，两个姑娘对头睡，却谁也睡不着，说着悄悄话。她们会想起一起翻墙的经历，想起在网吧里的通宵未眠。程缘突然觉得，生活确实很有意思，等她身体恢复好了，她还得去教堂把许久未做的礼拜全部补上。她内心很清楚，宗教不能拯救灵魂，但艰辛养成的习惯不能更改。辛辛苦苦爬上灵山，遇见庙宇，拜一下也不是坏事。

B面

我在二院门口的伟嘉鸡汤店遇见了温柔，算起来我与她有四五年没有见过面了。我的脑袋上还绑着绷带，她问我是怎么挂的彩。我说是朋友开车出了车祸，我算是被殃及的池鱼，撞在了车座上。温柔开始感叹她的朋友为什么都出车祸。我问，还有谁出车祸？她说是程缘。我的脑子里出现了那个找父亲的女孩儿。多年前她和我一起去上学的时候，她告诉我，没有父亲其实没有什么，只要珍惜爱自己的那个亲人就行。后来我听说，她的父亲被抓了。我与温柔又聊起了高中时的故事，不知不觉，时间流逝。她想起来要给程缘买饭，我还得去趟五院，所以没跟她上去。

我现在其实有两个疑问，一个是为什么五院的保安会包庇我？另一个是林木木到底撞没有撞死人？不过林木木已经死了，死无对证，我的所有疑问都转向了第一个问题。

到五院门口时，我有意避过了监控摄像头，我怕被人认出来。因为盗尸案现在还没有侦破。我来到保安室，保安是个年轻人。我问他那个老一点的保安什么时候上班，他说那个潘世年已经被辞退了。他解释了原因，尸体被盗那天，潘世年当班，但是他因为睡着了，什么都没有发现，还被盗贼破坏了监控摄像头。我问他知不知道潘世年住在哪里，他说只知道大概住在北羊市。

我很少来北羊市，因为北羊市里都是羊肉摊儿，我不喜欢羊肉的膻味。走在细窄的路上，我不断反胃。我问了一个摊主，问他知不知道潘世年在哪儿住，他指着斜对面的金记羊肉铺说，老金租房，好像有个姓潘的租客，你去他那儿问问。我看了一眼斜对面的老金，他很瘦弱，面色很黄，手中拿着细长的磨刀棍。我走上前问，金叔吗？我给他递上一根烟，给他点上火。我问，您认识潘世年吗？他说那就是老潘嘛，就在他那儿住。我说我能不能去见见他？老金说老潘刚刚丢了工作，心情不太好。我说，我知道，就是聊两句。老金指着向北的路说，往前走，第二个胡同，第三栋楼一楼。他让我自己过去。

那是一栋特别旧的房子，听说是以前化学工程二厂分配的房子，化学工程二厂已经在市场的洪潮中消逝不见，只有这个家属院还留着。墙壁被喷上了各种广告和讨债的脏话，红砖松动掉渣，砖缝中的沙子流在地上。房子的门是常见的木板门，上面贴了很多小广告，开锁的，修车的，送水的，甚至还有特殊服务的。我敲了敲门，问老潘在吗，里面传出几声咳嗽，然后我听见了脚步声。门开了，屋里很暗，黄色的白炽灯光也不足以照亮。我看见了老潘，他变得更加瘦弱，像一只快饿死的猫，面色发黄，甚至头发也发黄，白根黄尖儿。他看见我很惊讶。

"你来做什么？"

"问几个问题就走。"

"我就是不想看见年轻人走歪路，你还年轻，不像我。"

"那我得怎么感谢您？"

"你告诉我你为什么盗尸吧。"

我把我与东欧的故事一五一十地说了出来，又把盗尸的原委以及后续一股脑儿说了出来，这些东西我对谁也没有说过，不知道为什么，就一股脑儿地告诉了他。他说，东欧是一个被父亲和社会毁掉的好孩子。我没有说话。他问起了我的父亲，我说我没有父亲，母亲说他之前是豫剧团的台柱子，后来进了省豫剧团，后来我也去省豫剧团问过，没有查出这个人。他说那你父亲真不是个东西。我笑着说，您说得对，他真的不是个东西。临走，他叫住我，问我会不会拉二胡，我说会。他从乱衣服堆里扒出一把二胡说，能不能给他拉一段。我问他听什么，他说《断桥》。搭弓拉弦，心中自有滔天江水。

我把弦弓拉断了。他的嘴微张。

他眼眶微微湿润，说："老琴了，不行了，不过你拉得真好。"

"也一般，我还有事，不打扰了。"说罢，把琴放在桌上，我走出了屋子。天突然亮了，我有点不适应。我扭头看见他瘸着的腿，我问，还疼不？他低头看看说，早些年疼得要死，这些年好多了，老伤了。我说，哦，那还是注意点吧，以后要是有困难可以给我打电话，害你失去工作，我很抱歉。他没有说话，就眯着眼睛看我。我也没有再多说什么，转身朝着来路出去了。刚出巷子，头有点儿疼，这个时候我妈给我打来电话，问我现在在哪儿。我说刚从医院出来，一会儿就回去。她问用不用去接我，我说没事，我自己开车回去。

回到家，我问母亲，还记不记得我爸长什么样？她愣了一下，然后叹口气说，你跟你爸长得很像。我问有多像？她说，你就像年轻时的他。我说能不能告诉我他的名字？母亲说，算了吧，知道了也没有意义。我点了点头，确实没有意义。

尾

　　一个月后，程缘出院，温柔约我出去玩，也算是给程缘冲冲晦气。温柔说她们没有交通工具，我说我开车去接。我们在淮河医院门口碰面。她们提出到湖边走走。程缘问我最近过得怎么样，我向她们说起了之前我要炸掉写字楼的计划。把我如何加班计算大楼体积，计划如何摆放炸药、如何完成爆破都说了出来。温柔问我，如果真给你炸药，你敢不敢炸？我想了一下说，最初我不敢。后来一段时间，我敢。现在又不敢了。因为我妈年纪大了，我得照顾她。过一阵子我就去南方找找投资，我得拍电影，好赖是个导演，得有作品。温柔说，这是应该的，我们以前都只想飞到天空去，顺着通天塔爬上去看神。经历了一些事情之后，我们才明白，这世间没神，也不需要通天塔。

　　程缘摸了摸温柔的头，走上桥，指着下面的路说，刘叔当初就是在那儿接受了天启。温柔问她，你真的相信这些东西吗？程缘摇摇头说，生活如果都是上帝写的剧本的话，那上帝得累死。或者说我确实不了解神，或许他有手下帮他做这些事情，又或者神的法力无边，打个响指一切就都解决了。我说，你想的倒是挺有意思。我又想起了林木木，她跳进火坑的时候究竟在想些什么？东欧究竟是怎么死的？这一切或许真的没有谜底了，也可能在上帝那里已经备案了，不过我不想去那里查阅。

我们三人往北边走，一直走到西门大教堂。里面正有人唱着赞美诗，程缘和温柔循着声音哼了起来：

　　我曾经像一只小小飞鸟，飞跃在这蓝天海上，
　　我无时无刻彷徨无助，找不到可以倾诉。
　　…………

我问程缘是在哪儿出的车祸，她说在浙江。那个时候她爸爸越狱了，想见她一面，还说带她见见她那个哥哥，她哥哥死了。我心里"咯噔"一下，说，那你真是福大命大。她说不是，那个司机把她送到了一个派出所附近，是警察把她送到医院的。那一定是个女司机，身上有股奇怪的味道，很怪，像乌鸦。因为失血过多，其他什么都记不住了。我说，那你父亲是怎么回事儿？她说，还能怎么样？想要赎罪呗，说是对不起我们兄妹俩。后来我告诉警察我们约定的地方，算他自首。我说，这个故事拍成电影，绝对很棒。她说，拍电影可以，但是一定不要带上我。不想那么丢人。

循着歌声往前走，我们三人走进了教堂，在最后一排坐下，刘牧师向我们点了点头。听完整首赞美诗，温柔提出去后面看看，她从来没有去过后面。我也想起来，我也没有去过。我们三人悄悄绕过去。后面其实什么也没有，只有一堵高墙。这堵墙看起来无比陈旧，不知在风雨中站

立了多久。程缘说，古巴比伦有一座废弃的通天塔，现在据说还有遗址。那塔估计就像这堵墙，陈旧、破烂。我说，我后来也查过，人类要见神，神不愿意，就让人类互相产生分歧。只要让人类劲儿不往一处使，人类就威胁不到神。温柔说，那这神也挺有心机的。我说，也不能这么说，后面这句是我猜的。程缘说，你有出息，说得对。

　　看着高墙，我想起曾经坐在墙上的程缘和温柔。我说，你们记得不记得，我们第一次见面，你们在高墙上。程缘说，对，一起出去上网，只是没想到温柔也敢跳墙出去。温柔说，高墙之内一切都是被限定死的，我想知道高墙之外是什么。

　　"那外边是什么？"程缘问。

　　"高墙外是自由。"我说。

第四辑　答案在空中飘

焰　火

　　再有两个小时，这一天就会过去，像以往的每一天一样。

　　他推开阳台的玻璃门，一道刺耳的声音划破安静的夜空，铝合金的门框变形了，他早就知道，但是任由它坏着，反正不会打开几次。刺骨的寒风一点面子都不给，挤着往他脸上冲，像迎面撞来一只刺猬。刚出去一个头，他就放弃了，北方太冷了。很远很远之外的天空，爆起一朵焰火，闪一下就没了，又是一声，那爆炸声在川流不息的车海里飘荡，已然没了能量。他站在玻璃门边往那边看，什么都没了，除了五光十色的夜空。远处的中国尊快要建好了，真的高，明亮的"秋裤"在它身边，仿佛也失去了颜色。这座城市的地标一直在更换，和他的地址一样，还好，公司地址没换，快递总会准确送达。他盯着手机，想着这个时间段正是祝福信息的高峰期，说不定可以等来惊喜。结果微信不停地响，一条条群发消息接踵而来，最可气的是有几条竟是相同的。时间一分一秒过去，没有惊喜，他走到电脑旁，登录央视网，看起了春晚直播。

正在播小品。那个小品演员有点儿眼熟，好像在哪个片场见过，他努力想着，想到了片场的疯子。疯子跟眼前的小品演员一点儿关系都没有，是个不相干的人。他忘了疯子是如何混进片场的，只记得疯子对着正在对台词的演员傻笑，只是笑。他很生气，让人赶紧把疯子赶出去，可是疯子在影棚里跑了起来。三千多平方米的影棚，虽然已经置了景，但是仍有很多空地，疯子在其间边跑边啸，声音不断回荡。有几个演员是按天付钱的，不能耽误，疯子终究被赶了出去，疯子被几人拖拽着拉出影棚，哭声扰乱了他的思路。那几个按天付钱的演员之一就是眼前的小品演员，之前刚刚在一档综艺栏目拿了冠军，身价正处在上升期。上了春晚，恐怕年后又是另一个价钱了。

还是那个疯子，他去厕所的时候，遇见了那个疯子。疯子正蹲在厕所门口读台词本，声音很大。他走到里面，没有看疯子，正在小便时却听见朗读声停了，有人往这边走，他忍住没看，准备提上裤子走人。是疯子，疯子站住了。疯子解开裤子对着小便池小便，他快步走出去，皮鞋和地面碰撞的声音在厕所里回荡。他听见了自己的心跳，扑通，扑通，扑通，越来越快，他觉得胸腔里被塞入了一台发动机，十六缸。就差最后一步了，马上可以离开厕所了。疯子叫住了他，疯子说，本是同根生，相煎何太急。

接着是大笑。

小品一点儿也不搞笑，倒是演员背后的几辆共享单车更吸引他。他想起有天晚上，他和几个制片人一起喝酒，几个人乐乐呵呵地喝了几瓶洋酒，他们叫了代驾，一个个发着酒疯，大声唱着歌，嗓门大得要死。他还行，可能是天生的，也可能是在圈子里混得久了，能喝，几乎没有喝醉过。他没车，地铁也停运了，奥体公园到东四，打车估计能让他心疼死。远处传来一声共享单车的电子音。他不会用，拦着正准备走的姑娘问，那姑娘以为是流氓，反手给他一巴掌就跑了，中间包还跑掉了，化妆品掉了一地，一脸警惕地蹲在地上捡。他对着那边喊，你慢慢捡，我可不是什么坏人。那姑娘似乎没有听见，捡起东西又是一阵小跑。他上网查了一下，下了软件，交了押金，充了钱，打开车，晃晃悠悠地跟着导航走，郭德纲的声音比林志玲的耐听，导个航都搞笑。骑了一阵下车推一会儿，腿不疼，屁股疼。前前后后，折腾了将近三个小时。

远处又有几朵焰火，晃一下就没了，看着也没意思，听不见声音就没有感觉。他小时候胆子小，不敢放炮，被很多小伙伴嘲笑。后来他买了好几盒海盗船，揣在厚厚的棉袄兜里，有个小孩儿使坏，点着一根火柴炮扔进他兜里，他吓得飞速脱了衣服，海盗船撒了一地，噼里啪啦的。那是他最难忘的一个春节，因为发烧，差点儿把脑子烧坏。就这他都不敢去告状，他很面，所有人都欺负他。如今家乡已经禁放焰火了，到处都在争创文明城市，少些污染，少些安全隐患，即便因此少些年味儿，少些气氛，无伤大雅，时间一长，大家会习惯的。他走到玻璃门边上，倚着门框，盯着外边看。高楼大厦传出五颜六色的光，一条龙从这栋大楼飞向那栋大楼，然后与对面游来的龙汇合，缠绕着往天空飞去，化为一朵焰火，闪耀，消散。

突然他觉得眼前的大楼动了一下，他晃了晃脑袋，再看，楼好像还在动，他趴在地毯上听，没什么动静。再看，整座大楼缓缓飞了起来，上面盘着一条五颜六色的龙，龙张牙舞爪，越来越清晰。接着无数栋楼开始飞向天空。他在屋里乱窜，找相机，怎么也找不到。他坐在地上，感觉自己脚下的这栋小楼也在往天上飞。有风从四面八方窜进来，整栋楼开始晃，他感觉整个人都在变轻，可是屋里的东西都没动，他想往窗户边走，跌跌撞撞，又碰着玻璃门，吱呀一声，他打了个寒战，整个人才算站稳。夜色吞噬了整个城市的五光十色，只剩下了黑。像是断电了。

他小时候，村子里经常断电，刮风断电，下雨断电，下雪断电，天热了断电，天冷了还断电……最初没电了点煤油灯，黄黄的火芯上顺出一缕黑烟，往前凑就黑一鼻子，唯一的煤油灯让他偷偷摸摸摔坏了；之后点蜡烛，白的不吉利，红的不经烧，他还藏过红蜡烛，到元宵节晚上点灯笼；再之后是手电筒，开着手电筒在院子里胡耍，直挺挺的一道光往夜的身上乱刺，父母总是会骂他，不知道省点儿电。断电了就早睡，等一夜或许仍没来电，直到街里有人喊来电了，来电了。有时也是"狼来了"，那样的孩子会挨打。

越来越多的房子飞上了天。各种办公用品都飞出了窗户，玻璃碴子悬在空中，跟钻石一样闪亮。越来越多的办公用品飞上天，无数白纸铺就了一片白色的天，在漆黑的天空中竟有一些刺眼。他看见他桌上的白纸也飞了出去，上面是他正在写的剧本，密密麻麻的黑字开始从纸上飞出去，拆解成一个个笔画，迅速融入黑夜。他突然有说不出的痛苦，努力了无数个夜晚改出来的剧本就这样消散在风中了。风又透过门缝吹进来，他觉得有东西打在了脸上，他伸手一抹，黑色的墨汁。

小学二年级的时候，家里人收了他的铅笔，给了他两支英雄钢笔，一支暗红色的，一支灰色的，都有亮锃锃的不锈钢笔帽。暗红色那支装黑色墨水，灰色那支装蓝色墨水，他喜欢用黑色，涂墨疙瘩，在纸上画，直至纸上烂个窟窿。后来家里人逼他练书法，天天描字帖。这样练了几年，倒真的练出了一手好字，只是他右手的中指上起了茧子，顺带把食指也挤变形了。他讨厌写字，喜欢画画，但是家里人就是不让，说画画没出息。半年前，他因为一滴墨水，再次失去了领导画面的权力。那部戏是古装剧，经费紧张，服装简陋，女主角一不小心摔倒，正砸在了他的钢笔上，黑色墨水溅在了女主角的衣服上，位置不偏不倚，在胸部，他第一反应是去擦墨水，这一擦不打紧，被拍剧照的抓拍到了。女主角是流量主儿，照片在网上疯传，一时间骂声上了天，他性骚扰女演员的事情算是坐实了。如今人们都不关心真相，站队吃瓜，然后这事儿就这么定了。他在这一行混，最清楚其中的套路。

他看见了那个疯子，疯子在向他招手，他不知道要不要回应，他已经不是导演了，干编剧，但是总有人找他碴儿，一丁点儿问题都会被无限放大，然后当着所有编剧和工作人员的面骂他。他以前也这么干过，感觉很威风，现在却只想走，老子不干了！可是钱还没结呢。生命中没尊严其实除了憋屈，再无其他；没钱，就等于判了死刑，因为那是精神和物质的双重打击。疯子飘在窗外，敲他的玻璃门，越来越用力，那种在厕所的恐惧又来了，发动机又进了胸腔。不得已，他打开了玻璃门，很奇怪，一点儿声音都没有。

门外没有疯子，除了寒风，什么都没有。

他摇摇晃晃地走进洗手间，看着镜子里的自己，脸上什么都没有，但是镜子里有两个他，在晃。透过洗手间的小窗子往外看，一条白色的巨龙在天空翱翔，白色巨龙后面跟着 542 路公交车和地铁 1 号线。他站在马桶上，推开窗户，把脑袋伸出去，冷风如刀，寒光扑面。一辆共享单车从他脸前飞过，传出兴奋的铃声。小时候去上小学的时候，为了吸引同班女生，跟他一路的几个男生总会使劲扭

铃铛，丁零零，丁零零，丁零零，然后双手离开车把，好
不潇洒。他试过几次，效果很好，很多女生跟他打招呼。
后来没几天，他车上的铃铛就没了，他学习好，学习好的
孩子总是遭到针对，就像老师跟他说的一样，一个人最好
只有一样突出，样样都突出，你不遭人恨，谁遭人恨？

可能是太过于震撼，他冷静了下来。他走到办公桌旁，
瞟了一眼，春晚还在播着，他从桌斗里拿出一张纸，写了
一行字：

除夕，天寒，北京城起飞。

一个城市在短短几天里，少了一千多万人，空间骤然
变得无限宽广。他接着写：

原来城市本身是有思想的，"TA"也过春节。

手机振了一下，他没打算看，估计又是垃圾祝福短信。
过了一会儿，他还是掏出手机看了一眼，是那个女人。内
容很简洁：除夕夜，吃点饺子。他皱了皱眉头，手在屏幕
上翻飞，打出一行字：你知道吗，北京城是有思想的，
"他"飞了起来，不只是楼房，所有东西都飞了。回信很快
就来了：神经病！

来电话了，还是那个女人。

"你是不是傻了，大过年的为啥不回家？"

"嘘，你不要说话，小心让外边那些家伙知道我这个漏
网之鱼。"

"你需要去医院吗？精神病院今天应该有人值班。"

"我还有些东西没有处理完，再说也没有回家的票了。"

"你就是不想回来。"

"我说真的，外边的城市在飞，你等我给你发视频。"

电话挂断了。

他再次走向玻璃门，推开门，吱呀一声，两条龙还在远处的大楼上翻腾，飞来飞去。他深呼一口气，整个身子走出门，他听见了隔壁大道上传来的汽笛声，这个城市还是那样，五光十色。他把手机放下，视频录了两秒，画面模糊，他点了撤回。屏幕亮了一下，上面显示一行字：看看能不能找个地方吃一盘饺子。

五年前，他初到北京，人生地不熟，没过多久，从家里带的一万块钱就没了。冬至那天，他被房东赶了出去，拖个行李箱不知道去哪儿。下午三点多，母亲打电话问他有没有吃饺子，不吃饺子耳朵会冻掉的。他笑了笑说，都是迷信。母亲说，必须吃。他说，好，我晚上吃，现在还得工作。挂了电话，拖着行李箱继续走，看见一家二十四小时便利店里卖饺子，十五块钱一盒。他走进去，问还有没有饺子，店长说，还有一盒，有点烂了，你要是买，就收你十块钱。他说，要了。他接过盒子，温的，上面绑着一双筷子。店长告诉他，屋里不能吃饭，开着暖气，味儿太大。他点点头，拖着箱子出去，又走了一段路，挨着天桥。饺子已经凉了，一夹，馅儿出来了，放到嘴里，冰凉。他的眼泪大颗大颗往外涌，他这辈子只有两次吃饺子流泪的经历，上次还是小时候。

小时候，他家里卖豆腐，家里人骑着板车到各个村子里卖。每天一早出去，下午三四点回来，准备下一天的豆腐。每次总会剩下几块老豆腐，老豆腐水分少，没南豆腐水嫩，没豆腐干筋道，剩下的总是它。蒸炸煮卤炒，所有吃法都试过了，他再也不想吃豆腐了。一次下午放学回家，母亲说晚上吃饺子，他高兴地跳了起来，焦急地等着饺子出锅。端起碗，夹起一个饺子，也不嫌烫，一口下去，泪珠哗哗地往下掉。豆腐馅儿的。

玻璃门又响了一声，风吹了进来，他上前堵住门。电话响了，铃声是好运来，按母亲的话说，借借喜气。依旧是那个女人。

"没饺子吃吧？"

"哪儿找得到啊，北京都空了！"

"明天回来呗，给你订了票，我跟我爸说了，年后结婚。"

"拿啥结婚啊，我什么都没了。"

这样的通话究竟多少次了？烟已经戒了两年了，此时烟瘾却化成了虫子，在嗓子里爬。他想撕开喉咙挠，扒开喉管，揪出那只虫子，然后狠狠地踩死。咳几声，咽了一口唾沫，什么都没有了，来去都挺突然。他拿起杯子，接了一杯凉水，慢慢喝下去，寒气一直到胃里才停下。他倚在门边，以往张牙舞爪的城市不见了，"TA"很安静，却安静得可怕。野兽在捕获猎物之前，都要经历等待，等待是安静的，等待是人这辈子最大的敌人。远处的夜空越来越多焰火绽放，一朵大过一朵，像是奔涌的浪潮。这真像一场梦啊，北方早就禁放焰火了，这真像一场梦啊！

电脑里传来春晚主持人新年倒计时的声音。

"十，九，八，七，六，五，四，三，二，一。新年快乐！"

这一天终于过去了。门开了，建筑物们安安稳稳地站在地上，像是等待检阅的士兵，腾飞的巨龙冷静了下来，缓缓在建筑物间腾挪。剧本又回来了，第一页还是没有他的名字。如果这个时候有疯子，他一定会开门让他进来，开两听啤酒，坐下来过年。

城市依旧冷峻，夜的尽头，遥远的焰火声不紧不慢，款款而来。

动 物 园

我与老柴平常不联系，每月五号中午，我们会见一面，吃一顿饭。通常吃饭进行得很快，也很认真，不说话，也没有眼神交流。吃饱之后，老柴会把自带的茶叶交给服务员，然后我们开始聊天。老柴抽烟，一根接一根，我不抽烟，只喝茶。我们聊天的内容没有局限，但大多围绕我们初中，某人或者某事，由此延伸联想，最后不知归于何处。三点钟，会面结束，老柴骑自行车离开，我骑自己的电动车走。临走之前，老柴会点评一下餐厅，并指定下次会面的地点。我很乐意坐享其成，并且祝愿她之后的一个月能过得顺心。这样的会面，出过三次意外，一次是去年的十二月五号，我出差；第二次是今年五月五号，老柴结婚；第三次就是今天（十一月五号），老柴带了一个人过来。

这个人看起来五六十岁，跟老柴长得有点儿像，我以为是老柴的父亲。上桌之后，老柴说这是她生父的朋友。我记起之前某次聊天时，老柴说过，她本姓陈，黑龙江鹤岗人，初中时她跟着母亲改嫁到堵街，改继父的姓，柴。这之后，我们才成了同学、朋友。我问，叔是东北过来的？她说，是，没人可投奔，只好来投奔我了。我问，那叔要不要喝点儿？她说，最好喝点儿。我叫了一瓶梦之蓝。这叔叔自我介绍，我叫宁王。我问，叔姓宁？他说，不是，朋友们捧我，都叫我宁王，后来时间长了，真名就忘了。我说，那有意思。老柴向宁王介绍了我，这是我朋友老周，是个作家，写小说。宁王看着我，很惊奇，说，没想到老弟是个文化人。我说，叔，咱们辈分不能乱。宁王笑了笑说，文化人就是讲究。老柴说，叔为人任侠，不拘小节。我说，看得出来。

　　酒上来了，我给宁王倒上了，老柴没倒，她怀孕了，不能喝酒。宁王上来喝了三杯，说感谢你照顾小闺女。我赶忙喝了三个作陪，并说，这么些年，都是老柴照顾我，该我敬您。老柴说，老周是我救命恩人。宁王一听这个，眼睛瞪得老大，说，我得再喝一个。我说，算不上……老柴打断我，接着说，初中那会儿，我刚到堵街，满口东北话，大碴子味儿很重，同学们都笑话我。后来，我慢慢开始不说话了，老师提问我，我也不说话，因为我一说话，那些人就笑，老师有时候也跟着笑。渐渐地，我彻底成了哑巴，那些人就开始叫我小哑巴。有次去厕所的路上，我遇见一个男生，他拦住我，他说他想跟我处对象。我没同意，他打了我一巴掌，说我给脸不要脸。他长得没我高，按理说打不过我，可是我没胆儿，哭着跑了。更丢人的是，我尿裤子了。我没回教室，直接爬到了教学楼天台，对自己还挺狠，直接走到了边儿上。我正准备跳下去的时候，老周抱住了我，他那时候个子小得不行，我站得还高，他就只能够到我的腰，我俩摔在了天台上。楼下有老师上课，以为房子出问题了，赶紧疏散学生。只有一个学生机敏，说楼上有人。后来我们两个就被政教处主任叫了过去，说我们早恋，还在天台偷食禁果。老周把所有事儿都扛下了，挨了个处分，留校察看。我们两个当年都没能入团。

宁王在老柴说话期间喝了三次酒，没啥犹豫，一次一杯。我酒量不行，陪了三次，一杯也没下干净。宁王说，没想到你来这边受了这么多苦。又转过来跟我喝了一杯，你小子是个爷们。我赶紧回敬一个，酒下得太快，我脑子有点蒙。

这事儿我跟老柴回忆过很多遍，当天我在阳台上晒暖，更多的是为了逃避英语课。英语老师跟我有仇，我曾暗地里伏击他，打了他一闷棍就跑了，把他的眼镜打坏了。他虽然没猜出来是我干的，但也把我算进了打击范围，没少折腾我。后来图清静，一到英语课，我就跑到天台上去。那天老柴一上来，我以为是英语老师来抓我，我躲在一边偷看，发现上来的是个女生，高高大大的，一上来直接就往边儿上走。我认识老柴，是三班新来的转学生，东北的，不太爱说话。长得很好看，像明星，但不知道为什么，不

太受欢迎。她迅速走上了房檐儿，把我吓坏了，我一个箭
步上去抱住了她，想拦住她。没想到她太沉了，两个人直
接摔在了天台上。那一下摔得挺重，她还压在我身上，我
浑身疼得不行，眼泪往外涌。老柴比我哭得还厉害。我们
两个没啥交流，各自哭各自的，还没等到她解释，老师就
冲了上来。我们两个一身灰，老柴裤子还湿了，直接被老
师送到了政教处。政教处主任是我班主任，对我知根知底，
直接把早恋的名头扣到了我头上，不容我辩解。当天我被
拉到国旗台上罚站，站到半夜，老师给了我一个处分。我
当时很气，明明见义勇为，咋就变成耍流氓了。

　　宁王说，要是老陈在这边儿，准得闹出人命。老柴很
少提起她生父，甚至很少说关于东北的事情。我看看老柴，
之前没注意，她胖了一点。她正把一只虾往嘴里放。我想
拦住她，她对虾过敏，这一口吃下去，估计又要浑身起红
疹。她也看着我，微微笑了一下，我从没见过她微笑，因
为她微笑很难看，显得嘴巴很大。虾吃下去，她起身说要
去上个厕所。我说，那你注意点。她说，我这么大的人，
还不会上个厕所？我说，我是指我大侄子。她说，也有可
能是你大侄女。宁王的脸有点儿红，他看着老柴走了出去。

　　叔，您继续说吧。我说。

　　宁王愣了一下说，成，咱们继续。我跟她爸老陈是在
动物园认识的，那时候他养老虎，我养狮子。老虎是纯种
的东北虎，吼起来整座动物园都能听得见。整个动物园里，

不怕虎啸的动物不多，老陈人也就跟着傲。在食堂吃饭的时候，头也昂得高高的。我的出现是个意外。我本来是马戏团的，我负责狮子戏。狮子不是咱们本国原产的，这你知道吧？

我点了点头，咱们国家的狮子，大多是从南亚来的。

宁王说，到底是文化人。跟着我的那头狮子是头公的，脑袋大得像灯笼，一圈鬣毛被我养得油光发亮，没事老卧在地上，遇见人了，感兴趣了瞅一眼，不过大多时候它都不理人。一九九九年，我们马戏团经营不下去了，班主就想着把马戏团里的几只动物卖给动物园。跑了好几个城市，最后鹤岗接手了那头狮子。由于没人会照顾狮子，我也就沾了狮子的光，进了动物园，成了动物园的饲养员。老陈的虎园里有座假山，山上有个虎洞，平常老虎就住在虎洞里。动物园没养狮子的经验，想着狮子也算是百兽之王，不能亏待，就把虎园一分为二，老虎还住东边。西边收拾出来，铺上草坪，盖个狮穴。为了保险起见，也学东边虎园，挖个人工湖。狮子也是猫科，应该也怕水。这事儿对老陈刺激挺大，好好一个虎园，咋就一分为二了？狮子刚住进假山，老陈就约我到外边喝酒。

那时候大概是七月份，热得不行，到了晚上八点，天儿还大亮。在动物园东边的烧烤摊儿，老陈点了两斤羊肉，四个羊腰子，一盘烤韭菜，两箱啤酒。菜还没上，他先吹了一瓶，我这一看，不能尿，也跟着下了一瓶。他感觉没压住我，又来了一瓶。这时候，谁尿谁就输，我也下一瓶。羊肉上来之前，我们各自下了五瓶啤酒，老陈的脸有点儿红了。我觉得这么下去不是事儿，干脆开口，吃口羊肉继续喝。老陈见我松口，笑了一下，拿起签子，吃了一串羊肉。他问我，兄弟哪儿人？我说，跟着马戏团四处为家。他说，那总得有个根儿吧？我说，离家早，天下就是我家。他说，行，还挺豪气。接着他又开始喝酒。菜还没有上齐，啤酒就喝完了。老板没见过这么喝酒的，也上头，说，你们两个要是能再喝两箱，今天这顿饭我不要钱。老陈的眼圈已经红了，他说，还真别激我。我也不能落下，说，喝就喝。

大概到了十点钟，烧烤摊上已经没人好好吃饭了，都在看我们两个拼酒，老板也在一旁吆喝起哄。我醉倒是没醉，就是胀，感觉自己是啤酒做的。老陈也不行了，一张嘴感觉啤酒就要倒出来了。

你们两个喝了多少？我问。

宁王说，没数，加起来得有七八箱。

谁赢了？我问。

宁王说，没人赢。喝到最后，我们决定一块儿去厕所。在厕所，我算是赢了，我比他多尿了两秒钟。过了几天，老陈说要跟我比一比驯兽的活。我说，咱俩驯的东西不一样，不好比。他说，也没啥不好比的，你驯你的狮子，我驯我的老虎，看谁的话好使。我说，这没啥难度，咱俩反过来，这才算本事。他一听，更来劲了，说就这么干。这话说完，我有点儿后悔了。我之前就驯过狮子，而且还是野路子。他来动物园十来年了，驯老虎之前还养过一阵儿大象。

我的手机响了一下，是微信消息。宁王还在说，我把手机放桌子上，趁他喝酒的时候，瞄了一眼，是老柴发过来的。她说，你拖住他，我报警。我感觉喉咙里很痒，一杯酒抿下去，竟舒服了许多。

宁王问我，你没事吧？我说，没有，这故事挺好，继续讲下去，说不定我能写成小说。他挺高兴，那我还能进书里。他说，之前动物园已经没啥可稀奇的了，突然来了一头狮子，又吸引了不少人，而且假山背后就是老虎园，老有人想看狮虎斗，看看谁才是百兽之王。这个时候动物园了解到我和老陈之间有个赌约，为了再吸引一拨人，动物园就将这个赌约公开了，还弄了个大海报，狮虎斗。接着，我跟老陈第一次上了报纸。

我的手机又响了一下，还是微信消息。我把铃声给关了。

宁王看着我，你手机响了。我说，没啥事儿，不能影响咱们爷儿俩喝酒。我还指望您给我提供故事呢。后来呢？说完，我向他敬了一杯酒。他喝得很痛快，喝完一杯又喝了一杯。我晃晃酒瓶，没酒了。我叫了两声服务员，没人答应。我说，叔，你先坐着，我去拿瓶酒。他说，你再去看看小闺女，看看她咋回事儿。我说，行，我也有点儿担心。

走出房间，我看了看手机，有三条微信消息。

他杀过人。

我把服务员支开了，你找个理由赶紧跑。

赶紧出来！

我又叫了一声服务员，没人答应。大堂里的食客已经被疏散，我看见老柴站在警戒线外的人群里，她胳膊上都是小红点，她已经开始挠了。警察已经把这里包围了，我朝外边走过去，前两步还是走，第三步就开始跑了起来。几个全副武装的警察已经到了门口，见我出来，把我送到警戒线外，接着走到包间门口，破门冲了进去。大概一分钟，把宁王抓了出来。他在大堂里大喊大叫，你们赶紧放开我，小心我放狮子咬死你们！他吼叫的样子，真有点儿狮子的样子。

之后，每月五号的聚会渐渐就取消了。又过了一段时间，老柴跟着丈夫回了东北，关于初中的陈年旧事几乎都随着北风吹走了。走之前，老柴给我留了一封信，还有题目，叫《夜幕下的鹤岗》。我知道，这是抄袭《夜幕下的哈尔滨》。

夜幕下的鹤岗

老周，见信如晤。经过几番思想挣扎，我还是决定回东北去，回鹤岗。夏天的鹤岗天很长，夜很短，这一度令我非常痛苦。不过这不是给你写这封信的理由。我也不知道我是否有目的，你就当听个故事吧。

　　九几年，具体时间我已经没了概念，我爸在鹤岗一家煤矿工作，福利待遇出奇地好，我十岁之前都不知道钱能干什么。因为我们拥有自己的学校、食堂、超市、医院，甚至是动物园。鹤岗城边也有一家火电厂，比堵街的火电厂大多了，大到围绕火电厂形成了一个卫星城。我爸矿上的煤，有部分就送往那个火电厂，不用火车，用卡车。我小时候，最喜欢看卡车了，一辆接着一辆，把马路都轧凹了。你晕车，估计体会不了那种粗犷的汽油味。到了冬天，夜很长，太长了，长到一切都变老了。只有那些运煤的卡车不老，他们开着车灯，轰隆隆驶过，一道道光集中起来，汇聚到火电厂那里，那里是鹤岗最亮的地方。

　　没过几年，我爸就下岗了，因为鹤岗的煤快没了，只剩坑了。最先倒闭的是动物园，接着是医院、超市，后来是小学。不久之后，路上没了卡车，火电厂也黑了下来。再之后，我就来了堵街。堵街天黑真晚，真好啊！漫漫长夜里，蹲在黑夜里的猛兽太多了。

　　…………

柴不平

2018 年 3 月 19 日

马 戏 团

我跟阿水的故事得从一场梦开始。

阿水让我去她家提亲，我答应了。我买了很多东西，具体有什么，已经记不住了，反正是很多。我没有交通工具，决定骑共享电动车过去，小溜电动车，那车有踏板，正好放下我买的东西。在梦里，我觉得阿水家很近，可是我从早上跑到了中午依旧没到。我很发愁，因为共享电动车是按时间计费的。就在我心烦意乱的时候，我爸出现了。梦里我很清楚，我爸已经去世了，多年前的冬天，喝多了倒在雪窝子里冻死了。可是我爸一招手，我就过去了。他带我去参加喜宴，不知道是谁的，好像也没随份子，直接上桌了。同桌的人和我爸很熟，我一个也不认识，我爸也没打算给我介绍，就让我一个个敬酒。我拒绝了他，我说，忘了你咋死的了，还来祸害我。他说，你个年轻小伙子跟个鬼置啥气，喝一杯，这是你四爷爷，给个面子。我说，别咒我四爷爷，他活得好好的。他说，不喝拉倒。自己喝了起来。挨着他坐的那个，不停跟他对饮，两个人越喝越开心，最后竟然离座跳起舞来。我从没有见过我爸跳舞，他那圆锥似的体形，跳起舞来，特别难看，像只上了发条的陀螺。我吃了很多菜，但都记不清了，没啥特色，应该就是平常喜宴那些东西。我又想起了那个问题，这是谁的喜宴？我问我爸，他已经跳开了，飞身上了桌子，接着又有人上了桌子，一张张桌子摇晃起来，不知哪里来了音乐，整个世界仿佛都跟着燥了起来。我爸突然站在我身边，说，咱们走，去提亲。我问他，这是谁的喜宴，他就像没听见一样。径直走向了共享电动车。看见电动车，我脑门嗡嗡响，没关，这得扣多少钱！我爸坐在前面开车，我坐在后面。他开得极快，几次差点儿把我甩出去。转眼，天就要黑了，我爸突然刹车，我从后座飞了出去。他对我说，天黑了，我得回去了。阿水这闺女不错，你别辜负她。说完，他就消失了。这个时候我才发现，我身处一片巨大的荒野之中。我拿出手机定位，原来已经到了阿水家。可是我找不到阿水。远处传来一声象鸣，我往天边望去，已经被黑夜笼罩的地平线上，有头奔跑的白象，阿水就坐在白象上面，朝我挥手。白象的叫声越来越近，地面也开始晃动，于是我醒了过来。我不断喘气，感觉像是被大象踩了一脚，浑身难受。阿水正盯着我看，她眼睛里有刀，正一刀刀剜我的心，疼痛难以名状。我大喊一声，这次，我算是真正醒来了。

阿水给我递了一杯水，又做梦了？我说，是，去你家提亲了。阿水说，你现在不行，去我家得会打麻将。我说，我梦见你骑了一头白色的大象，是不是白色的也说不清楚，反正会发光。阿水把手边的书给我看，海明威的《乞力马扎罗山的雪》，里面有篇小说叫《白象似的群山》。我说，跟这没关系。她说，那你是不是觉得我就是一个花瓶。我说，那我不如等着智能机器人，长啥样的找不到？她说，还有没有其他的？我说，我梦见我爸了。她说，叔叔是不是在梦里夸我了？我说，是。她说，叔叔估计知道除了我没人看得上你。我说，我爸带我去吃了喜宴。他很高兴，还跳起了舞。她说，你一定是太累了。小说要不然就停一停。我说，停不了，如果不赶紧写完，咱们怕是要揭不开锅了。她说，我那儿还有一点钱可以撑一撑。我说，那先留着，去你家打麻将肯定会玩钱。她没回话，睡着了。我从来没看过她睡着的样子，因为我睡眠质量一直不错，挨床就倒。她侧卧着，头倚着右胳膊，很平常的睡姿。胸腹起伏很均匀，换气很顺畅，一动不动，她睡觉真老实。我准备起来写会儿小说。

我没跟阿水聊过老柴，估计老柴也不会跟她丈夫提起我。我们除了在小说里交流，已经没什么机会聊天。最近我老做梦，老柴也没来过。最后那些日子，老柴很关心我的小说，动不动就从白纸里窜出来，坐在我身边，对我的小说指指点点。终于，阿水发现了她。

　　老柴坐在床边，跷着二郎腿，嘴里叼着烟。我家没烟灰缸，她手里握着一个纸杯，杯底有点水，已经黄了。阿水进来时，她的烟刚刚抽了一半。阿水叫了一声，然后跑过去夺她的烟。阿水平时非常注意锻炼，身材匀称，甚至有肌肉线条。可是她还是没能从老柴手里抢过烟，因为老柴很高。阿水脱了鞋，爬上了床，扑过去抢那支烟。老柴转了个身，把烟塞进嘴里，一口气抽完，她长长地吐了一口烟，屋里已经烟雾缭绕。阿水跳到我的电脑桌前，我捂住脑门儿，叹了一口气。

　　"你先别着急。"我说。

　　"把她弄走！"阿水说。

　　"让我缓一缓。"我说。

　　"她竟然敢在我的卧室抽烟。"阿水说。

　　"你得注意身体。"我说。

　　"我讨厌比我高的人，我想锯了她的腿。"阿水说。

　　"小矮个子，嘴还挺毒。"老柴说。

　　"你闭嘴！"我跟阿水异口同声。

　　阿水把房间里里外外打扫了一遍，确认房间里再无一粒烟灰，再无一缕烟气，才让我进屋。她脱了衣服，准备去洗澡。我又打开了电脑，老柴已经改了一部分情节，这让我有点儿头疼。她说在小说里，她得是一个女侠，允许女侠有缺点，但女侠绝对不能被打败。我说这不行，人生来就是要被打败的。她说我不会被打败，因为我真的不是

人，我是小说人物。我说主宰权在我的手里。她说，你只
是一个媒介。

阿水回来了，她的头发还没干，正用毛巾擦拭。她从
床头柜中拿出吹风机，对着镜子吹头发。洗发水香味遇热，
更加活泼，我看着她吹头发。她说，你的小说写得怎么样
了。我说，快了，最多还有两天就能写完。她说，什么时
候去我家？我说，书出来最快也得半年。她说，半年你能
成为麻将高手。我说，现在有点儿小问题。她说，那个叫
老柴的女人，我想了解她。

有天我爸告诉我，老火电厂门口来了一个马戏团，他
让我去看，顺便打壶酒回来。

打酒路上，我看见一个女孩儿，她坐在一头大象身上，
双手不停抚摸大象的耳朵。大象挺高兴，不停用鼻子挠她。
她吱吱笑，然后继续抚摸大象的耳朵。她停下来是因为我，
我跟着大象走了几百米，大象走我就走，大象停我就停。
她看着我说，你想摸摸大象吗？我说，我不敢，小花说大
象会踩人。她说，马戏团的大象不会踩人，它很温顺。我
摸了摸象腿，很粗糙。我闭上眼睛抚摸象腿，还是很粗糙。
大象一步步往老火电厂走，一直走入一顶帐篷，她没下来，
直到帐篷的布帘搭下来。这是我第一次遇见老柴，她是马
戏团班主的女儿，她跟菩萨一样，骑着大象。

大象会表演很多把戏，但它最喜欢坐在地上，后腿着

地，前腿撑着地。每当它坐下，四周都会响起掌声。快看，快看！那大象会坐！大象此时会向那边喷水，水很多，简直像一个水泵。人们落荒而逃，只有我站在原地，我在等老柴。我知道，大象喷完水，老柴就会从大象身后出来，喂它一根胡萝卜。她把胡萝卜给了我。她说，拿去吃吧，吃完你会长高一点，你太矮了。我说，我长不了大象那么高。她说，这大象就是吃胡萝卜长大的。

胡萝卜不错，挺脆的。

班主最近搞了一头狮子过来，大象有些不舒服。整个马戏团，其他动物都颓了，大象不开心，不再喷水了，也不吃胡萝卜了。到了第三天，大象开始拉肚子，厕所被它给堵住了。人们都不敢接近厕所，太臭了。没人知道，只吃胡萝卜的大象，为什么会放那么臭的屁。我再见大象时，它已经瘦得皮包骨头，老柴没在它的背上，老柴说硌屁股。我再次摸了象腿，不那么粗糙了。老柴说，你有没有办法杀了那头狮子。我说，我连马戏团里的老鼠都打不过。老柴问我，你玩过狮虎斗没？我说，玩过，但那只是卡牌游戏，不作数的。老柴说，大象打得过狮子。我说，你的大象都快死了。老柴说，瘦死的大象也能压死狮子。我说，你的大象是吃胡萝卜长大的，兔子才吃胡萝卜。

大象死在了老火电厂门口的广场上，它坐在广场中心的雕塑旁边，成了另一座雕塑。它的鼻子耷拉着，耳朵也是。老柴爬到了它的头顶，它倒了下来，老柴就这么消失了。同年，我爸戒了酒，跟着马戏团去了远方。

阿水说，你这么写不合适。我说，哪里不合适？她说，你起开，我给你写一段。

冬至，堵街来了一个马戏团，这是堵街有史以来第一次。

那年，我爸下岗了。他开始爱上了喝酒，一喝就会喝醉。我妈跟我爸关系本来就不好，这下彻底决裂了。她跑了，跑之前告诉我，如果过不下去了，就去马戏团，学个手艺。我没听懂。

马戏团在一顶巨大的帐篷里，走进去之前得交钱。我跟我爸说，我想进去看看。他给了我钱和酒壶，散酒坊就在马戏团北边的胡同里。我拎着酒壶进了马戏团。马戏团里坐满了人，中间空出一个圆形舞台，舞台上坐着一头大象，大象旁边坐着一头狮子，一左一右，守着拱形的大门。说是门，其实后面什么都没有，推开，只能看见两边的观众。一个魔术师站在门前，先摸了摸大象，大象喷了一鼻子水，接着他摸了摸狮子，狮子大吼一声，差点儿把观众全部吓跑。我没跑，因为我腿软了。魔术师瞪了一眼狮子，狮子伏在地上，把头埋进了尘埃里。魔术师推开了门，空空荡荡的门里，走出一个小姑娘。她就是老柴。

老柴爬到大象的背上，大象站了起来，它开始绕场行走，并不断把桶里的水喷向观众区，人们一边欢笑一边漫骂，老柴就坐在大象身上，不停抚摸它的耳朵，还不忘吱吱笑。人们都躲大象，只有我没躲，我的腿还在发麻，重若千斤。大象把水喷到了我的身上，先是热的，接着迅速变冷，我觉得自己被冻住了。再睁眼，我站在冰里，外边人影晃动，我什么都看不真切。魔术师划了一根火柴，走到我面前，我感觉到温暖，然后冰化了。我身上一点儿都没有湿。我打开手中的酒壶，壶里已经装满了酒。我非常开心，拎着酒壶回了家。

我爸不在家，桌上放了几根胡萝卜。胡萝卜不新鲜，已经蔫了。我把胡萝卜放进锅里煮了煮，香气飘了很远。老柴来到我家，她说，我来拿酒。我问，什么酒？她说，酒壶里的酒。我说，酒壶就在桌上。她看着酒壶说，那里面没有东西。我说，我回来时，就把酒放在那里了。她问，你在煮什么？我说，胡萝卜。她说，我能吃一个吗？我给了她一个胡萝卜。吃完，她变成了一个兔子跑了出去。

晚上，天已经黑透了，我爸还没有回家。我一直等到天亮，我爸仍然没有回家。我去找在火电厂工作的叔叔，路过马戏团，发现我爸就坐在马戏团旁边的广场上，他旁边有座雕像，跟他一样坐着。雕塑旁边有只兔子，我刚想过去抱她，她就跳走了。我追她，她跑了起来，一跃，把我爸踢到了，酒撒了一地。

　　阿水站起来，她说，我瞌睡了，我要睡觉。我说，你先睡，我今晚要把小说写完。她说，我不能睡觉，我得看着老柴。我说，老柴已经结婚了，而且有了孩子。她说，你还没有结婚，我还没有孩子。我说，我最近就学习打麻将。她说，你还是不要学了，今天我把钱用来买酒了。我说，你不能再喝酒了。她说，我会注意，我不会倒在雪窝子里。我说，据说明天会有马戏团到你们镇。她说，我不行了，我得睡觉了，你先变你的魔术。

　　阿水盘在床上睡着了，不时还打鼾，鼾声细密，没有规律。我看着被她修改之后的小说，不知道怎么处理。她应该已经放心了，老柴已经变成了兔子，兔子不会说话，不能改我的小说了。到了后半夜，老柴给我发了一条微信消息，是一张图片，里面有一头大象，阿水坐在大象身上，笑得很开心。

　　半年后，小说出版了，我去了阿水家里，阿水的母亲问我有多少钱。我说，我不会打麻将。

后记：因为我们被迫平凡

我总能记住一些无关紧要的小事，或者仅有一面之缘的人，这个本事被大学舍友神化，认为我脑子好，过目不忘。

我也曾因此而沾沾自喜，认为自己拥有超人的一面。事实上，很长一段时间里，我强迫自己回忆前一天晚饭的内容，并以此为基点，向外扩展，从而记住更多没必要记住的事情，以此维持那个看似超人的"神话"。

自欺欺人有时候是无意识的，很无聊，这些连大脑都不愿意存盘的东西，被我有意识地反复记忆，终于有一天，我给这些无聊的记忆找到了出口，就是写作。我无意间完成了素材的"原始积累"，同时也清晰地看到了自身的虚伪。承认自己非超人是件痛苦的事情，因为我们被迫平凡。我时常希望自己拥有更高的视野，这样才能看得更加清楚，就像在《通天塔》中，我有意写了汽车飞上天；《飞跃冷却塔》中，主角最终在梦里站在了冷却塔上；《焰火》中，我让整个城市都飞了起来……我想站在高处，把握一切的脉络，这又是一种超人思想。

我明白，我很平凡，写作或许能使我的平凡稍显不同，同时，它能帮助我记忆，或者说记录。虚构是人类的本能，记录本身就具有虚构的色彩，我希望写作能担当这样的职能，记录下那些未被我珍视的事情，记录下那些因"晚饭"而联想到的故事。